U0007650

從出生起就愛著你

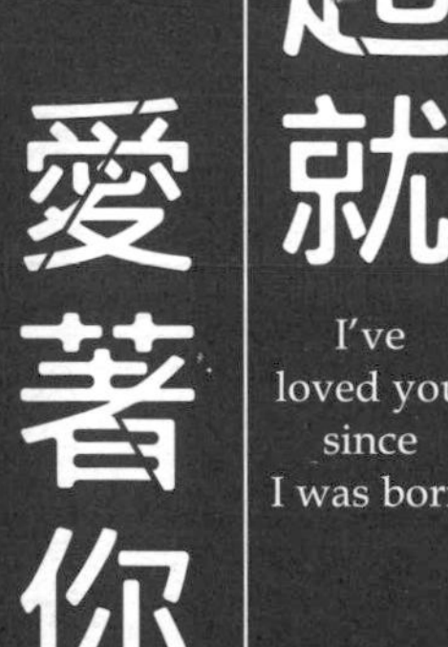

I've loved you since I was born

夜光花 illustrator yoco

Presented by Hana Yakou with yoco

I've
loved you
since
I was born

CONTENTS

Presented by
Hana Yakou with yoco

從出生起就愛著你

I've loved you since I was born

夜光花

illustrated by yoco

1 雙胞胎的能力

小此木理人是做為同卵雙胞胎的其中一人出生的。

理人的弟弟名叫小此木類。兄弟倆擁有相同的年齡、相同的血型、相同的遺傳基因——照理說應該是這樣的。然而升上高三之後，如今旁人想區分他們的身分，卻是十分得簡單。

「喂——類，我已經聽說過囉，又有人向你告白了對吧？你這個大帥哥，真是羨慕死我了！」

三年二班教室窗邊的座位上，理人兄弟正吃著三明治，而同班的倉田揮著手朝他們走了過去。體格魁梧健壯且留著平頭的他，帶著一票籃球社的同伴們走進了教室。這群人嗓門大、長得又高，所以相當引人注目，就算已經從社團內引退了，存在感還是有增無減。他們似乎已經吃完午餐了，便十分開朗地朝身穿運動服、坐在理人面前吃午餐的類搭話。

「那又怎麼樣？」

被四、五個顯眼的籃球社男生團團圍住，類的臉上一點笑意也沒有，神情非常冷淡，眼神銳利地回望著他們。

理人都不知道，類似乎又被告白了。不過這也是理所當然的事，因為他的弟弟類的容貌很出色。由於父親是日本人、母親是法國人，類的五官端正俊美到會讓人眼睛為之一亮，加上那一百八十公分的高挑身材、肌肉結實的軀體、微鬈的棕色頭髮——校內的女生們暗地裡都稱呼類為「王子」。他能讓女生們眼冒愛心地追在他屁股後面跑，是全校最受歡迎的男生。據說類穿著西裝制服外套的照片，更是在女生們之間瘋傳。

——但，他可是我的雙胞胎弟弟啊！

理人讓自己避免出現在籃球社成員們的視野內，一面慢吞吞地咀嚼著三明治，一面在心底吐槽。

「喂——你也介紹幾個女生給我們嘛。啊，抱歉喔，小此木同學，你太嬌小了，我剛剛沒看見你。」倉田帶著過度親暱的態度走過來，在撞到理人後笑了出來。腦袋被對方的大手拍了幾下，令理人的表情一僵。

「你們明明是雙胞胎，長得卻完全不像耶。」倉田一屁股坐到理人的桌子上，調侃地說道。理人還無暇去想事情不妙，類就已經露出了恐怖的神色，緩緩地從座位上起身。

「——啊啊？喂，你剛剛是不是在嘲笑我哥？」

類低下頭，用讓人背脊發涼的冰冷眼神看著倉田，並以低沉的聲音恫嚇道。倉田霎時嚇得發出「噫！」的聲音，然後跳下桌子往旁邊躲，因為類的身高比他還高。

「沒有沒有沒有，我剛剛是在表示親近……」

倉田一臉焦急地辯解。這傢伙雖然身材高大，卻很膽小。

「白痴，你幹嘛要得罪有戀兄情結的類啦。」

「不是叫你不要對他哥哥出手了嗎？」

在籃球社同伴的嘲笑下，倉田雙手合十、拚命地對類道歉。類不容許任何人嘲笑理人，只要有人說了一丁點侮辱理人的話，無論對方是誰，他都會抓住對方的衣領威脅回去。因為這個緣故，全校都知道類有戀兄情結，也拿這一點調侃了他無數次。

「類，我真的完全、半點都不在意啦！」

理人的臉上擠出一個笑容，拉開正在威脅倉田的類的手臂，類「嘁」了一聲後才坐回椅子上。就是因為這種怒火會被瞬間點燃的個性，導致校內的男生們都會偷偷叫他「瘋狗」。

「類，我平時不是一直告訴你，不要理會那些笑我矮的人嗎？這也是沒辦法的呀，畢竟我是真的很矮。」理人嘆著氣，朝依舊瞪著倉田的類說道。

倉田一行人慌慌張張地離開了教室。

「理人還真是成熟啊——原來你不會為這些事情感到自卑嗎？」

與理人共進午餐的同班友人木下大地露出苦笑。大地的臉上戴著黑框眼鏡，是個擁有毛茸茸的頭髮、體型又高又瘦的男生。他與理人擁有某種共通點，因而成為了好友。

「我也是不得不接受事實啊。不要緊，我還沒停止發育呢。」

理人點了點頭。他確實對自己的外貌沒有任何的自卑感。

事實上——理人的確很嬌小。他的身高只有一百六十公分，長相也有些稚嫩，四肢很纖細，頭髮更是清爽柔順。雖然和類擁有相同的遺傳基因，兩人的外貌卻是天差地別。因此，每當高個子的類喊矮小的理人「哥哥」時，旁人都會以為是自己聽錯了，而多看他們一眼。

「不過，理人的臉蛋也很漂亮呢。」大地看了看理人後，不經意地開口說道。結果，原本一直盯著倉田一行人逃走經過的教室大門的類，把陰沉的視線移到了大地身上。

「你該不會是在打我哥的主意吧？」類探身朝大地逼近而去，嘴裡吐出了驚人之語。

聞言，正喝著盒裝牛奶的大地被牛奶嗆到，咳個不停。我家的笨弟弟為大地造成困擾了。戀兄情結過度嚴重的弟弟，覺得理人身邊的每一個人都很可疑。

「我只是在發表客觀的意見！理人再怎麼可愛也都是個男的啊！」大地面紅耳赤地否認。

打從出生後，理人已經經歷過無數次這種沒意義的對話。他不認為會有男生去打他的主意，但類似乎不這麼認為。

不對——很執著於理人的男生，還是有一個存在的。

「哼……那就好。」類懷疑地看了大地一眼後，把三明治塞進嘴巴裡。其實理人原本只想找大地一起吃午餐，是隔壁班的類每天都跑過來強行加入他們，才會變成三個人一起吃飯的情況。理人真希望弟弟可以稍微為別人著想一點，和大地好好相處。

「抱歉，這小子老是說一些蠢話。」

理人拍了拍大地的背，努力打著圓場。在清楚知道類的重度戀兄情結下，還願意與理人當朋友的，如今就只剩下大地而已了。他不能失去這位朋友，理人把這一點牢記在心。

「哈哈……我雖然也生為雙胞胎之一，但跟另外一個完全不像，所以經常發生一堆會讓人嚇到下巴掉下來的事。話說回來，你們有什麼雙胞胎獨有的奇特能力嗎？」

大地似乎想轉換話題，便歪著頭說道。

沒錯，理人之所以能和大地成為朋友——是因為大地也是雙胞胎，只不過他們是異卵雙胞胎。他有個名叫作海的雙胞胎妹妹，正在就讀女子高中。由於他們都會去上同一家補習班，因此理人也認識海。理人與大地成為同班同學的時候，大地就是以「其實我也是雙胞胎」為開頭，與理人搭上話的。

「奇妙的能力嗎？」理人低聲輕喃。

雙胞胎獨有的同步、心電感應，是時常被拿出來討論的神奇現象。大家在知道理人他們是雙胞胎後，常常都會問他們這個問題。不用說，理人都是這樣回答的：

「唉，沒有啦。如果有的話，應該會很好玩吧！」

他一邊開朗地笑著，一邊偷瞄著類。

類以一副不感興趣的表情死死盯著大地。

『啊——這傢伙有夠礙眼的。煩死人了，我只想跟哥哥兩個人一起吃飯而已。』

就跟以往一樣，理人聽到了「心聲」，他的內心與表情不禁一僵。

他與類沒有雙胞胎之間的神奇能力——理人雖然很想這麼說，然而，事實上是有的。可怕的是，那還是非常特別的能力。

類的視線移到了理人身上，從臉頰一路觀察到他的後頸附近。

『哥哥的肌膚真漂亮，好想吸個幾口。啊——真想狠狠地侵犯他。』

從臉上平靜無波的類那裡傳來了恐怖又邪惡的心聲，理人急忙垂下視線，同時把三明治塞進嘴巴裡。

——為什麼我能聽到弟弟心底的聲音呢……老天爺啊！快把我這個沒用的能力撤銷掉吧！

一邊聽著弟弟訴說想侵犯自己的欲望，理人一邊向神明祈求。

理人是在過了十歲之後，才發現自己擁有這個能力的。

一道很像是類在喃喃低語的聲音，於不經意間傳入耳中。理人一開始還以為是幻聽，而當類開始抱怨起導師與班上同學之後，他才發現那不是幻覺。

當時，理人與類在不同的班級，他完全不清楚弟弟的導師及同學的情況。結果類的心聲飄到了理人的耳裡，讓他不斷接收到誰和類處得來、誰和類處不來、誰又是問題學生等等的訊息。理人心想，這些說不定真的是類的心聲，於是偷偷詢問類對班上同學的看法，想檢查正確與否。結果答案驚人得一致，讓理人因此發覺自己能聽到弟弟的心聲。

剛開始理人還很興奮，想把這件事告訴類，但回頭仔細一想，能聽到別人的心聲並不是一件好事。倘若自己的大小事都會被別人知道得一清二楚，就算是類也會生氣吧，可能也會感到難為情。當時，類已經發育得比理人還要高大了，每當兩人吵架時，理人常常會被弟弟的氣勢所震懾。

後來，理人並沒有把這個祕密告訴類。

他能聽到的心聲也只有類的，為了彼此著想，還是別說出口比較好。

其實還有其他原因，導致理人說不出口。那就是自從升上國中後，類對理人產生了某種欲望。理人與類不但是雙胞胎，兩人的感情也很好，他們總是黏在一起，還會一起洗澡，晚上也都睡在同一張床上。兩人是同時學會自慰的，他們偷看網路上的影片，在浴室裡觸摸彼此的性器。現在回想起來，都是因為無知才會做出這種愚蠢的行為，幸好理人馬上就發現這種行為不正常，後來便以「這種事情還是自己一個人做就好」為由，拒絕了弟弟。但無法否認的是，類的心底依然留下了近似於心靈陰影的衝動。

後來隨著身體的發育，類把理人當成了情欲的對象。如今兄弟兩人升上了高三，類滿腦子都充滿了侵犯理人的幻想，讓理人感覺到那幾乎可以說是一種執著了。

話雖如此，類表面上卻完全不曾說過那方面的話。他總是黏著理人，如果有人嘲笑或是說理人的壞話，他就會表現出饒不了對方的偏心姿態，也把自己與理人身體接觸時的範圍，勉勉強強控制在界線內。雖說類已經在腦海裡侵犯了理人好幾萬次，也訴說了上百萬次的愛語，但他還是維持著兄弟的身分。

——那小子對我的執著，真的很讓人頭痛呢……

這一天，理人難得有機會與類分開，抱著如釋重負的心情與大地一起放學回家。他能聽見的心聲只有類的，所以只要類不在，他就能回歸平靜的生活。

今天，類前往了模特兒經紀公司。他很不耐煩地說，公司幫他接了幾個雜誌的工作。

十五歲那年的秋天，類走在原宿的路上時，被星探相中，理人對此事表達了支持的意見。那時候類的身高已經將近一百七十公分，而且還正在發育中。

『當模特兒實在是麻煩死了……』

接過名片後，類半點興趣都沒有，但理人卻是雙眼發亮，說了句「感覺好像很厲害耶！」。聞言，類馬上轉變了態度。

『好酷喔！有個身為模特兒的弟弟，感覺很帥耶！你一定要去做這份工作！我也想看看打扮得很帥氣的你！』理人滔滔不絕地說著，想讓類產生興趣。

可能是平時理人不太會去稱讚弟弟的緣故，類居然漲紅了臉，真的開始煩惱了起來。坦白說，這時候的理人是抱持著某些打算去推類一把的。當時的類經常展現出一副無法忍受要離開哥哥的模樣，二十四小時都黏在理人身邊。可是，理人想要一些獨處的時間，倘若類去做模特兒了，應該就能稍微離開他一段時間吧？他對此充滿了期待。

『嗯——既然哥哥都這麼說了……要我去做也是可以啦。』

於是乎，一心想獲得理人稱讚的類便開始了模特兒的工作。雖說起因不太正當，不過持續了三年後，如今的類似乎也在工作中找到了一定的樂趣。當然，一直到了現在，理人也沒有忘記要把有刊登類的雜誌通通買過一輪、並好好地稱讚過他。如果他自己失去了興趣，類大概也會辭去模特兒的工作，因此他並沒有疏忽這方面的關照。

「類去做模特兒的工作了嗎？真厲害，我第一次交到像藝人一樣的朋友。嗯……雖說類有沒有把我當成朋友，還是個疑問……」放學回家的路上，大地自嘲地笑了笑。理人實在無法開口對他說，弟弟不僅沒有把他當作是朋友，還嫌他礙眼、想要他滾，於是只能打哈哈地蒙混過去。

一星期之中，理人有兩天會與大地一同前往車站前的牛排館打工。當初得知理人與大地一起去打工的時候，類還開口說「我也要一起去」，是理人以再繼續增加工作會影響學業為由，不斷說服他，才讓他死心的。

「可是，理人你沒有被星探挖掘過嗎？你的臉蛋明明也很漂亮。」

大地滿臉難以置信地詢問，令理人困窘地抓了抓頭髮。

「因為我的身高完全不夠高吧。」理人用開朗的笑容搪塞過去。星探其實也有找上過理人，只不過好不容易有時間獨處，他怎麼可能願意跟類一起去當模特兒。反正他就是想和類拉開距離，而這也是促使類獨立的必要措施。

「對了，我家人說，我差不多該辭職了。」雙腳邁向鬧區，大地嘆著氣說道。他被爸爸罵了一頓，說身為一個考生，是想打工到什麼時候。

「這樣啊——如果你要辭職，那我也辭職吧，畢竟九月也要過了。」

理人的臉色暗了下來，他抬頭看了看天空的卷積雲。理人父母的教育方針是讓他們可以隨心去做自己想做的事，所以對此沒有發表任何意見。但現在確實已經進入考前的關鍵時期了，想好好升學的話就不能打工。

「理人，你和類提過自己想考的大學了嗎？」

大地突然想起這件事，便開口問道，理人瞬間緊張了起來。

「這件事是祕密！你絕對不能告訴類喔！」

理人抓住大地的手臂，露出恐怖的表情叮嚀道。在這股壓力下，大地連忙點頭。

理人打算考大學，但他想跟類去不一樣的學校。直到高中為止，類一直都跟他考進同一所學校，因為弟弟說他絕對不要與哥哥分開，理人無可奈何之下，只能選擇跟類同一所的高中。他曾想過，自己乾脆落榜，這樣就能與類分開了。然而可能是基因相似的關係，他們倆的成績也一直都差不多。

可是，至少到了大學，理人想要去其他地方。他想在沒有類的地方，好好享受寶貴的大學生活。

他以「類再不獨立就不妙了」為由說服了父母，獲得了自己可以就讀不同大學的許可。當然，他對外也佯裝成要與類考同一所大學，想盡力瞞著對方，瞞到最後一刻。

「話說回來，類的戀兄情結真的是超嚴重的耶。我這麼形容可能不太好，但他看起來就像是你的監護人。這能算是雙胞胎之間的羈絆嗎？」大地隱隱勾起了一個微笑。他一直以為類只是有普通的戀兄情結，但理人很想反駁他說現實才沒那麼單純，可最後還是只能露出無力的笑容。

抵達車站前的牛排館後，理人及大地從後門走進館內，一邊跟員工們打招呼，一邊走到內場區。在儲物櫃旁換上制服後，他們前往後面店長所在的小房間。

「對不起，店長，我們要開始準備考大學了，所以想辭職。」

大地用穩重的神情，朝看著電腦的店長說道。店長是一名三十歲左右、帶著無框眼鏡的女性，去年開始被調派到這家餐廳。一聽到大地說想辭職，店長立刻從椅子上起身，大驚失色地抓住大地和理人的肩膀。

「這樣我會很傷腦筋耶！我們店很缺人手啊！拜託你們，時間不長也沒關係，能不能留下來繼續打工？條件都好商量！」

店長比手畫腳地說著，大地便露出了苦笑。

「可是，我爸媽要求我一定要辭職。」大地的態度很冷靜。

在這種狀態下，無論別人怎麼拜託，他都能果斷地拒絕。理人也站在他身邊，露出充滿歉意的表情，店長便把目標鎖定在他身上。

「拜託你，小此木！一星期只做一天也可以！我們店人手不足，真的忙不過來！拜託拜託！」

被一位比自己年長的女性強烈請託，理人只敢吞吞吐吐地回答「呃，那個……」。

「你們應該知道我們店因為開在這種鬧區，是萬年人手不足的吧？你能不能再稍微多做幾天？只要做到新人進來就好！」

店長越說越激動，根本不讓理人有回應的空檔，理人只能無措地用「喔……」這種模稜兩可的方式回應。而店長似乎把他的回應當成了同意，臉上表情一亮，並拍了拍他的肩膀。

「謝謝你！小此木，你人真好！幫了我大忙！」

店長用宏亮的聲音道謝，而理人莫名其妙就變成可以繼續打工下去的狀態了。

「理人，你沒問題嗎？應該要把自己的想法清楚表達出來會比較好吧？」

從房間出來回到走廊上後，大地擔憂地對理人說道。但到了這個地步，理人也不可能對店長說自己絕對要辭職，只能無可奈何地改成一星期上一次班，再持續一小段時間。

理人很不擅長面對強勢的人，只要被人強烈地請託，他的怯懦就會使他無法開口拒絕。如果類在場，類就會幫助他回絕對方，導致他在這方面有依賴類的缺點。

「沒、沒事。反正等新人一進來，我就辭職。」

兩人在廚房分別，理人走向外場，他的工作是幫客人點餐及上菜。他其實很不擅長接待客人，也對店長提出這個問題很多次了，無奈最後還是被任命為外場服務人員。雖然店長曾說只要他待在外場，牛排館的營業額就會上昇，但理人覺得那肯定只是錯覺。

「讓您久等了，您的餐點已經全部上齊了，請問還需要什麼嗎？」把裝了客人所點的特大牛排的盤子放到桌上後，理人帶著笑容詢問道。

年輕的男性顧客霎時緊盯著他瞧，接著才把視線移向自己的腳邊，「啊，沒有。」

理人明白客人的眼中為何會映著失落，於是帶著制式化的笑容離開了這一桌。

對方肯定把他誤認成女生了，所以才感到失望的吧。理人是混血兒，且擁有稚氣未脫的中性長相，因此常常受到他人的注目。

或許今天是平日的關係，到了傍晚仍然沒有很多客人。理人做這份打工已經做了一年，早已習慣了整個工作流程。等客人離開後，他將桌面清潔乾淨，並確認有沒有客人遺落的物品。檢查備品的時候，隔板的另一邊傳來了含糊不清的聲音，令理人感到納悶，並悄悄地偷看一眼。他發現是一位看起來像粉領族的年輕女子，她正大口吃著牛排，還一邊流著眼淚。

牛排有那麼難吃嗎？理人感到焦急，但隨即察覺不是味道的問題，因為那位女性的座位旁堆疊起了好幾個吃完的牛排鐵盤，肯定是因為心情不好而暴飲暴食。女子的眼皮紅腫，看得出她已經哭了很久。

「那位客人已經哭了一個小時了。」回到廚房後，同樣擔任外場服務人員的大學生由紀一臉受不了地說道。

「理人，你去問她要不要續杯咖啡，然後跟她說她哭了這麼久，也該哭夠了。」

由紀是個很重視上下階級的女生，因此覺得自己可以隨意指使身為高中生的理人。

「咦，那種話……我說不出口……」理人露出畏懼的神色，對方卻依舊不由分說地把咖啡壺硬塞給他。他不敢違抗前輩，只能心不甘情不願地朝坐在窗邊座位上、哭個不停的年輕女子走去。

「請問您需要續杯咖啡嗎？」

理人勾起在工作中學會的制式笑容，開口詢問，年輕女子頓時直盯著他瞧。不知道她是否有察覺到自己因為哭過頭的緣故，睫毛膏都暈開了，整張臉都變得很驚悚。這種時候，其實是該讓由紀來出手幫忙的，畢竟，看到有人有難便無法坐視不理的，明明就是由紀。

「是天使嗎……？」對方露出陶醉的眼神問道。

聞言，理人差點噴笑出來，同時在已經喝空的杯子裡注入熱咖啡，並順手輕輕放上新的溼紙巾。

「雖然我不清楚大姊姊遇到了什麼事，不過還是請打起精神來。」

理人微笑著說完後，年輕女子霎時停止了哭泣，並擦了擦眼睛。啊啊，她的妝容變得更恐怖了……理人的表情僵住，倒抽了一口氣。

「啊，完了！我的睫毛膏暈開了！」年輕女子似乎也在擦眼睛的時候注意到了，趕緊手忙腳亂地從包包裡拿出鏡子。看到自己映照在鏡面上的模樣，她猛然清醒了過來，臉色變得煞白，且垂頭喪氣的。其中不幸中的大幸，大概就是她並沒發現自己的臉，在很久之前開始，就已經是那副慘狀了。

「對、對不起，謝謝你的咖啡。」年輕女子已經完全止住了淚水，不停向理人點頭道謝。理人維持臉上的笑容，朝客人一鞠躬後，便走回了廚房。之後他又偷偷地觀察了一下，看見那位年輕女子正在拚命擦拭暈開的睫毛膏。

「做得好。」由紀很滿意地拍了拍理人的肩膀。

理人問她，剛剛由她去詢問不是更合適嗎？由紀卻不屑地哼笑道，這種事如果讓同為女生的她去做，事後反而可能會遭到對方怨恨。

而那位哭泣的女子把自己點的牛排全部吃光後，便匆匆忙忙地離開了。雖然是因為心情不好，但對方能吃下五人份的食物也真是了不起。

今日的打工即將邁入尾聲，理人在外場來回走動，繼續自己的工作。

他是從傍晚四點開始打工的，工作結束時已經超過七點了。時序接近秋季，氣溫明顯變得涼爽了不少，在這個時間點，走在路上時如果只穿著短袖，甚至會覺得冷。

與大地在車站道別後，理人在離家最近的車站下了車，挑了一條盡量明亮一些的路回家。」

理人打開手機，發現類在三十分鐘前傳來了「我現在要回家了」的訊息，便急忙回傳訊息告訴弟弟，自己也在回家路上了。類是個細心且認真的男生，兄弟兩人分開行動時，他總是會把自己身處何處、大概會幾點回家之類的資訊告訴理人，而他也強迫理人要這麼做。類的執著有越來越過火的傾向，如果沒有馬上回覆，理人的手機通知攔就會被大量讓人頭痛的訊息填滿。他還常說想在彼此的手機裡，裝上可以透過GPS知曉對方所在位置的程式，讓理人避之唯恐不及。

——那小子真的很不妙。

每次一想到類的事，理人都會覺得再這麼持續下去就糟糕了。然而，不管他採取什麼樣的態度回應對方，類都還是會對他充滿著興趣。無論是冷淡應對，或者用不客氣的語氣對他說話，類對理人的喜愛依舊沒有改變。如果今天是其他人，理人大可與對方拉開距離，可惜他們倆是兄弟，怎樣都無可避免。正因如此，他希望至少在大學時代，可以與弟弟踏上不同的道路。

「我回來了——」

一回到家，理人便聞到一股薑汁燒肉的香氣從客廳飄來。

「歡迎回家，理人。」母親雪莉走到玄關，吻了一下理人的臉頰。小時候，理人以為每個家庭的兒子回家時，媽媽都必定會給他們一個吻。後來得知事實並非如此時，他感到非常震驚。

金髮藍眼的母親有著白皙的肌膚，身著與她瞳色相同的藍色洋裝，他從沒看過她做著褲裝的打扮。無論何時何地，母親總是把自己打扮得漂漂亮亮的，宛如少女一般。

「今天吃薑汁燒肉嗎？太棒了！」理人興高采烈地說道，母親聽到便呵呵輕笑。

他的母親是法國人，常做的家常料理大多都是西餐，雖然偶爾也會煮一些日本料理，但白飯基本上幾乎沒有出場的機會。所以此時空氣中瀰漫著的薑汁燒肉香味，讓理人十分開心，並用力嗅聞了幾下。

「肚子好餓——」理人決定不上去自己位於二樓的房間了，他把包包和外套往客廳沙發上一丟，坐到了餐桌前。

「歡迎回家。」難得父親也已經回到家，並且開始吃晚餐了。

父親拓郎的身高很高、五官也很深邃，並在外資企業工作。多虧父親的收入不錯，理人家才能是一棟占地寬廣的獨棟建築。客廳裡擺著的都是從前從事設計師工作的母親，她年輕時所蒐羅而來的時尚家具。理人的朋友來到他家的時候，常常會羨慕地說「你家好像城堡一樣」。

順帶一提，理人稱呼母親時，是用較為西式的稱呼「媽咪」來叫她的，但是父親則是用一般的「爸爸」來稱呼。

「啊——白飯真好吃——」理人把母親幫忙盛好的白飯扒進口中，接著大口咬下薑汁燒肉。今晚的湯品是口味濃厚的豬肉味噌湯，理人很喜歡這種重口味料理，因此非常高興。

「今天過得如何?有什麼美好的邂逅嗎?」母親把盛著蘋果的盤子放到餐桌中央，用法語對他說道。母親常常會這樣問他。

「沒什麼特別的，不過倒是遇到了一個邊哭、邊狼吞虎嚥地吃著牛排的客人。」理人也用法語答道，一面用肉片夾住高麗菜。從小母親就會用法語和他們說話，兄弟兩人因此都會說法語。先前他們好幾次以回娘家的名義前往法國時，語言上溝通無礙這一點讓理人非常愉快。

「為什麼那個客人要邊哭邊吃呢?」母親落坐於父親旁邊的椅子上，興致勃勃地問道。

「不清楚。不過，那個人吃下了五人份的牛排，我想她應該不會有事的。」

就在他們閒聊著打工時碰到的客人的話題時，玄關大門傳來了門鎖開啟的聲響，類說著「我回來了」的聲音也隨之響起。母親立刻從椅子上起身，來到玄關迎接兒子。

「老哥，你回訊息回得好慢。」類走進客廳，一臉不滿地抱怨道。三十分鐘都沒有回傳訊息，果然讓他不開心了。

「抱歉，抱歉。快過來吃晚餐吧，今晚的菜單是薑汁燒肉喲──」

理人吃飯吃到一半，朝穿著制服、坐到自己身邊的類擠出一個笑容。類也很喜歡吃薑汁燒肉，接過遞到面前的白飯後，便津津有味地吃了起來。

「類今天有什麼美好的邂逅嗎？」母親用法語對類問道。

「沒有。」類很冷淡地回答，手上的筷子動得飛快。

「唉，我的兒子們真是無趣。」

理人與類的母親把愛情擺在第一位，屬於那種不食人間煙火的性格，所以會一直想要聊戀愛話題。可惜到目前為止，她從不曾成功從兒子們的口中聽到這類的事情，但她仍不死心。

──要是知道類的愛情觀很扭曲，媽咪不知道會怎麼辦？

理人一邊吃光盤子裡的飯菜，一邊在心底嘆息。他還不曾與女生交往過，但類已經有過好幾任女朋友了。對理人抱有幻想的類，一直很在意接近哥哥的女生。讓人難以置信的是，以前理人曾經覺得「真可愛」、「好喜歡」的那些女生，後來通通被類搶走了。不僅如此，類與對方交往了一段時間後，就會馬上拋棄對方，態度可說是非常惡劣。

──這小子絕對是不想讓我交到女朋友的吧……可是，一個也好，我也好想要跟女生交往看看啊。等上了大學，和類分開後，我就要認真地去找個女朋友！

有朋友問過理人，自己喜歡的女生全被類搶走，他難道不會感到憤怒或憎恨嗎。但由於理人能聽到類的心聲，所以他很少會冒出這種想法，反倒經常因為看清了自己喜歡的女生的本性後，而陷入沮喪。類對他的愛太過濃烈了，甚至會讓他冒出「這世上會有女生愛他勝過類嗎」的憂慮。

『今天的攝影師實在是太噁心了。一直摸我摸個沒完，煩死了。那個女模特兒也一樣，老是若無其事地把胸部貼過來。』

類的心聲傳了過來，讓理人下意識地別開眼，喝起茶來。看來今天的攝影棚裡似乎發生了很多事。被女生用胸部貼住，從理人的角度來看只會覺得羨慕得不得了，偏偏類卻打從心底感到厭惡。

——這小子其實是討厭女生的嗎？會去當模特兒的女生應該全都很可愛吧！不對，男女之間會做的事，類也有做過，所以應該是不討厭吧……

類似乎是很抗拒那種喜歡裝熟的女生，常常在心底臭罵她們。話雖如此，理人也知道弟弟和女性有過很多次性行為，所以應該不是厭惡女性的。類回憶過的事情裡，偶爾也會包含一些他與女生之間的淫靡互動，理人也知道他有個類似於性伴侶的女性朋友，類想發洩性欲時，就會去找那個女生，雙方似乎只維持肉體上的關係。但這些事，類完全沒有對理人提過。

「雪莉，要不要一起看個電影？」吃完晚餐後，父親邀請母親一起坐上沙發，聊著要看什麼電影比較好。理人家幾乎不怎麼看電視，除了電影與新聞，其他節目都禁止觀看。

「啊，對了，今天……」理人想把吃完後的碗盤收一收，轉過頭去，就看到坐在沙發上的父母吻在了一起。

——唉……不管到了幾歲，他們兩人都還是這麼濃情蜜意的。

父母的感情太好，當小孩的都不知道要將視線往哪邊擺。理人收好碗盤，便拿著包包與外套走向二樓的房間。

「老哥，等等，如果你要讀書的話，我們一起吧。」

類趕緊用兩、三口把晚餐吃完，接著往樓梯這邊衝了過來。

「啊，好……」理人原本是想趁類吃飯的期間，去把身上的衣服換成家居服的，可惜計畫失敗了。早知如此，他一回到家時就應該立刻先去把衣服換好的。

——換衣服的時候，這小子老是死死地盯著我看，好可怕。

他感到十分憂鬱，一邊打開了房間的門。二樓有三個房間，每個房間都很寬敞，但麻煩的是，理人與類的房間是共用的。一個房間是放了King size床鋪的臥室；另一個房間放著兄弟兩人的書桌及衣櫃，也是他們平時生活起居的空間：第三個房間則是做為雜物間使用。

在升上高中之前，理人也曾向父母提出請求，希望能擁有自己專用的房間，但由於類堅決反對，導致年紀都已經來到十八歲的現在，他們依然共用著房間。換句話說，在這個家裡，理人能獨處的地方只有廁所和浴室。對一個青春期少年來說，這種情況實在是十分痛苦。

「今天的工作是去拍什麼雜誌？」兩人在房間裡獨處，為了分散類的注意力，理人帶著笑臉問道。他打開衣櫥，拿出成套的圓領休閒服，同時轉身背對一直盯著這邊看的類。

「今天是一家叫 Noel 的雜誌……」見理人迅速解開領帶，開始脫起襯衫，類陷入沉默。感覺到背後的視線，理人的心跳越來越快。

「——我有說過今天是去拍照的嗎？」驀的，類納悶地開口。

理人臉色一白，心臟漏跳了一拍。

——糟了，類沒說出口，但因為可以聽到他的心聲，自己就片面地下了定論。

理人焦急地轉動視線，佯裝自己正在解一顆遲遲解不開的鈕釦。

「不是嗎？我總覺得你月底好像有比較多這樣的工作。」理人裝傻地回答，類便用和緩的聲音回應說「這樣啊」。

只要一不留神，理人偶爾就會像這樣不小心露出馬腳。得小心一點才行，他可以聽到類的心聲這件事可是最高機密。

『哥哥真是有夠笨手笨腳的，連換個衣服也慢吞吞的。』

理人好不容易把鈕釦都解開了，卻聽到類發出的調侃。我這麼笨手笨腳的真是對不起啊！他在心底反駁，然後脫下褲子。

『腳真細，好白。』

理人一露出光裸的腳，類的心聲便一個接一個地傳來。就是因為這樣，他才討厭在兩人獨處的時候換衣服。他十分清楚自己正被人目不轉睛地盯著，羞恥感讓他的臉都快要漲得通紅了。他維持背對著類的姿勢，急急忙忙地換上休閒服。

「我要戴上耳機了，可以嗎？」落坐在自己的書桌前，理人翻開參考書，舉起了耳機。

同樣換上休閒服、坐在隔壁書桌前的類聳了聳肩，表示知道了。

理人透過耳機聆聽練習英文聽解的教材，覺得心裡的壓力稍微減輕了一點，身體也隨之放鬆。

說到底，類的心聲也是聲音的一種，當他戴上耳機、聆聽其他聲音的時候，便會比較難聽到類的心聲。如果不這麼做，他二十四小時就都會聽到類的心聲，整個人也會因此發瘋。

——專心，專心。

忘掉類的存在，理人寫起了英文讀解練習題。他覺得法語比英語簡單一百倍。

「你們其中一個，該去洗澡了。」用功讀了兩個小時的書後，房門被人敲響，母親的聲音傳了進來。理人催促類先去洗澡，自己則低頭書寫習題。過了三十分鐘左右，類洗好了澡，理人與他擦身而過，走進浴室。

「呼……」今天也是讓人疲累的一天，理人一邊這麼想著，一邊浸泡在浴缸裡。

今天的類並沒有做出什麼太具體的幻想，讓他大大鬆了一口氣。有時候類的幻想太過生動，導致他也會產生欲望，但家裡只有浴室可以讓他撫慰自身，實在是非常痛苦。

——只剩下最後一道難關了……

泡完澡後，理人在更衣間吹乾頭髮，放棄掙扎，乖乖回到了房間。現在時間已經來到了十一點，是該就寢的時間了。

「老哥，該睡了。」見穿著睡衣的理人一面準備明天需要的東西，一面還在慢吞吞地晃來晃去，類便帶著催促的語氣說道。

「喔……」理人明白繼續拖延下去也沒什麼意義，就走向了隔壁的臥室。

他們兄弟兩人到國中為止都是睡上下鋪，但由於類不斷長高，後來他們的臥室裡便改成只放一張King size的床鋪。關鍵是，為什麼他們兩個非得睡在同一張床上不可呢？理人實在無法理解。話雖如此，家裡也沒有其他可以睡覺的空間了，所以他還是只能像往常一樣躺到床上去。他們有個默契，就是理人睡在右側、類睡在左側。

「晚安。」

理人蠕動著身體鑽進被窩裡，故意露出一副很想睡覺的模樣。然而，類完全無視哥哥拙劣的演技，伸手抓住了他的肩膀。

「哥哥還沒給我晚安吻吧？」類躺到理人隔壁的位置上，帶著十分認真的表情說道。

最後一道難關就是這個。因為母親每天都會給他們一個回到家的吻，所以他們從小就對親吻習以為常。已經不記得是從什麼時候開始的了，睡覺前交換一個晚安吻，也變成了他們之間的慣例。

當然，之前理人也提過，他們都已經升上高中了，差不多也該中止晚安吻這種行為了吧？但類給出的回應是「我想繼續」。看到類如此強烈地要求，理人只能垂頭喪氣地讓步了，而這也是他的缺點之一。

「嗯。」類彎腰向前傾，捧住理人的臉頰，在他的嘴唇上落下輕吻。理人其實每次都恨不得吐槽「媽咪是親在臉頰上的！」，但真要在這種氣氛下開口說些什麼，他又很舉棋不定，最後只能乖乖接受。

「……？」交換完晚安吻，正當理人鬆了一口氣時，類又在兩人幾乎是額頭貼著額頭的距離下，定定凝視著他。

「怎、怎麼了……？」在嚴肅的氣氛下被對方盯著看，理人的心臟跳得越來越快。他很緊張，心想類應該不會突然撲過來吧？

「……」在類沉默不語的注視下，理人的四肢變得僵直。

這時，類再度彎腰向前傾，深深地吻住了理人。

理人嚇了一跳，渾身一僵，但在他伸手把人推開前，類就先一步退開了。

「晚安。」類若無其事地背對著理人，躺了下來。

理人劇烈的心跳久久不能平復，只能動作僵硬地轉身背對著類。為什麼類要親兩次？而且第二次吻得還比往常要重。

『老哥居然露出這麼震驚的表情。啊——他的嘴唇好軟，真想把舌頭伸進去。』

背對理人的類的心聲傳了過來，讓理人滿臉通紅，心臟跳得更快了。如果類真的把舌頭伸進來，他可以把類推開嗎？最近他總覺得類正在一步步朝他侵略而來，導致他的心情一直冷靜不下來。

『老哥他是不是有點少根筋啊，正常的兄弟之間是不會這樣親吻的吧？罷了，如果做得太過火，老哥應該也會抗拒，我得適可而止才行。』

身後傳來的心聲，對理人而言簡直是一場酷刑。類要是敢越線，他肯定會拒絕的，這還用說！雖然恨不得開口吐槽，但此刻只能一心祈求對方快點睡著。

『啊——哥哥，喜歡你、喜歡你，我好喜歡你。好想做，只是親一親根本滿足不了我。我喜歡你、喜歡你，你快點喜歡上我，只看著我。』

類吶喊的那些「喜歡」帶著鋪天蓋地的熱情，一點一點地占滿了理人的大腦。理人莫名湧出一股想掉淚的衝動，身體也蜷縮了起來。聽到有人一句又一句地對自己說著喜歡，正常人怎麼可能無動於衷。理人覺得自己快瘋了，不對，說不定他早就已經瘋了。

大家都說雙胞胎擁有獨特的奇妙能力，理人卻打從心底地一點都不想擁有這種能力。

他一點都不想知道類的這些心思。如果聽不見類的心聲，他就能一無所知地渡過每一天了。

內心被類源源不絕傳來的心聲所擾亂，理人輾轉難眠。

2 接近

身體被搖晃著，還有人不斷呼喚自己的名字。理人揉了揉惺忪的眼睛，撐開眼皮，看到類以鬆了一口氣的神情探頭看著他。

「老哥，該起床了啦。」

臥室充滿著明亮的光線，讓理人知曉天已經亮了。鬧鐘似乎早就響過了，他卻完全沒聽到。理人打著呵欠，從床上起身，直接穿著睡衣去漱洗。

「早安，理人，快來吃早餐吧。」

換上制服走到客廳後，理人看到穿著圍裙的母親正在泡紅茶。今天的早餐是法國傳統三明治。這種三明治是用吐司夾著火腿與起司，再抹上貝夏梅白醬，是他們母親的招牌早餐。理人還有點睏，喝著熱騰騰的紅茶時，不小心燙到了舌頭。

「老哥，再不出發就來不及了。今天的電車應該會很擠。」

類早上總是比理人更早清醒，他已經做好了出門上學的準備。理人的早餐才吃到一半，他就開始催促了，於是理人急忙把三明治塞進肚子裡，紅茶也「咕嚕咕嚕」地大口灌下，然後一把抓起書包。

「我們出門了。」類拉著理人的手邁出家門，快步往車站走去。

來不及給兄弟兩人送別的吻，母親露出不高興的表情。理人心想，偶爾少一次應該無所謂吧。車站只要徒步十分鐘就能到達，站內的人潮比平時多了不少，似乎是因為跳軌意外而造成電車班次大亂。月臺上擠滿了為了上班上課而通勤的人們，理人與類一抵達，馬上就聽到了女生竊竊私語的聲音。

「啊，妳們看，是小此木兄弟呢，據說他們是雙胞胎喔。」

「咦——他們明明是雙胞胎，為什麼卻長得一點都不像啊？」

「哥哥是個大帥哥耶！弟弟也好可愛！」

理人悄悄回頭，發現有穿著別校制服的女生們正看向他們這裡，並興奮地發出尖叫。理人與類不但是混血兒，同時還是雙胞胎，在人群中非常顯眼。妳們大概搞錯哥哥與弟弟囉！理人在心底這麼吐槽完後，轉頭看向正要進站的電車，這輛電車裡已經擠滿了人。

「咦——我們搭得上去嗎？」

車門開啟，大量的乘客湧了出來，類果斷地準備上車。理人心想等下一班車來再搭也還來得及，然而類已經推著他擠上了這輛已經滿滿是人的電車。雖說只要忍耐三站就好，但對身高不高的理人來說，擠在摩肩接踵的車廂內實在是十分痛苦。被一群高大的男人包圍住，他整個人彷彿被淹沒在人海裡，有時候還因為體重太輕，會被擠得雙腳離地。今天理人也是被一群大塊頭的上班族包圍住，都快被擠成肉餅了。

——嗯……？

電車啟動後，理人便察覺屁股附近好像有哪裡怪怪的，不禁變得全身僵硬。

……不知道是不是錯覺，他覺得有人正在撫摸自己的臀部。剛開始，理人以為對方誤把他當作是女生了，但他身上穿著學生制服，一摸就會知道他是男生才對。

當理人不安地蠕動身體時，臀部便被冷不防地揉捏了下，完全就是性騷擾的行為。

——沒想到類竟然會在電車裡做出這種色狼行為！

撫摸自己屁股的人肯定是類。理人抱持著這樣的想法，抬起頭來，卻看到類的雙手都抓著吊環。

——咦，不是類……？噫噫噫噫——好噁心！

理人察覺到自己是被一個不認識的陌生人騷擾了，他的臉色瞬間變得一片慘白。車廂裡的乘客多到根本搞不清楚誰才是犯人，讓他全身都布滿了冷汗。而色狼似乎是發現理人動彈不得，狼爪更是大膽地摸上了他的後穴。

「老哥？」

理人臉色蒼白、眼眶泛淚地抬頭看向類之後，類立時發現了不對勁，便強硬地擠進擁擠不堪的人群裡。「過來這邊。」

類站在理人和人群之間，充當一堵肉牆，並帶著威嚇意味地去瞪視四周的人。狼爪迅速遁走，理人頓時鬆了一口氣，躲到類的身邊。

身為兄長，這麼做實在是有點丟臉，可是每當遇到這種狀況，類總是顯得非常可靠。然而——

『老哥該不會是遇到色狼了吧！』

類憤怒的心聲洶湧而至。因為他太過憤怒了，導致理人反而聽不清楚他說了什麼，卻又不得不忍受那些讓自己不禁想把耳朵摀住的怒罵聲。理人很後悔，早知如此，他就應該戴起耳機聽音樂的。

抵達目的地車站後，理人筋疲力盡地和類一起下了電車，踏上月臺。早上尖峰時段的電車實在是太可怕了。類用手臂撐住哥哥的肩膀，一臉擔憂地看向理人。

「……謝謝你，類。」理人笑著向類道謝。

「剛剛發生了什麼事？你遇到色狼了？」類以危險的眼神詢問道，令理人背脊一顫。

這不是他第一次遇到色狼了。某次他遭到騷擾的時候，被類發現了，類就一把抓住那個男人的衣領，臉上的表情像是恨不得要直接殺了對方。身為男生卻遇到色狼，讓理人覺得很丟臉，所以拚命懇求類不要把事情鬧大，最後才沒釀成問題。

「多虧有你，我才能得救。唉——真是嚇死我了。」

類仍然瞪視著四周的上班族，想要找出犯人是誰，理人趕緊從背後推著弟弟離開車站。如果他不盡力裝出開朗、不在意的模樣，接下來就會發生更棘手的狀況。

『可惡，就是因為電車裡塞滿了人，所以才要更加小心一點才對。是站在老哥後面的那個臭老頭嗎？雖然老哥不想把事情鬧大，但如果不把對方海扁一頓，我實在是嚥不下這口氣。』走在通往學校的路上，類的心情烏雲密布，身上散發出後悔及憤怒的氛圍。

「今天有體育課耶——」為了不讓類深入思考，理人拚命找話題，想轉移他的注意力。類雖然開口應和了，但其實根本沒在聽。

『竟敢擅自亂摸我哥，真想把那個人宰了。老哥的臉色都變得一片慘白了，應該是覺得很噁心吧……他果然不喜歡被男人碰觸吧……』類悶悶不樂地繼續思考。

再這樣下去，自己就跟車上的色狼沒兩樣了。類陷入自我譴責的陰暗想法裡。理人心想，真希望這小子能為聽得見心聲的自己著想一下，被弟弟在幻想中侵犯已經很讓人頭痛了，現在還被迫連綿不絕地傾聽對方對於自己性向的糾葛，簡直是一場酷刑。

話說回來，不認識的混帳色狼怎麼可能與類相提並論。理人很想告訴他，自己和他進行身體接觸時的感覺是完全不同的。

「類！你有在聽嗎？」理人用力拍了拍陷在自我譴責輪迴裡的類的後背。類猛然回過神，看向理人，露出一頭霧水的表情。

「啊……你說什麼？」類抓了抓頭髮，問道。

「你都沒在聽嗎？我看你一直心不在焉的，想叫你振作一點而已。我們今天要去補習對吧？等等要回去的時候，我請你吃東西，當作剛剛幫助我的謝禮。到時候我在鞋櫃那裡等你。」理人講話的態度，彷彿之前根本沒遇到過色狼一般。

他與類每個星期有三天會去補習，類雖然有在做模特兒的工作，但因為想要好好升學，所以上補習班的日子都不會安排工作。

「啊啊……嗯，我知道了。」類的表情終於亮了起來，原本低垂的頭也抬起向前。真是個麻煩的弟弟啊。理人一邊暗自想著，一邊因對方停下自責的低喃而安下了心。

當初得知類喜歡自己時，理人感到很震驚。不過對方畢竟是自己疼愛的弟弟，他還是不希望類痛苦煩惱。當然，他並不打算回應類的感情，但他還是真心希望類可以獲得幸福。

進入校舍，在教室前和類分開後，理人覺得莫名疲憊，便在自己靠窗的座位上趴了下來。拉開距離後，他就聽不見類的心聲了，不過今天午休類應該又會不請自來吧？

理人的腦袋裡想著有關弟弟的事，用手托著臉頰。

放學後，理人與類並沒有回家換上便服，而是直接前往補習班。這家位於車站隔壁的補習班以師資優良聞名，教學的方式實際上也很棒，讓理人他們的成績有所提升，於是一直都是在那邊補習。他們感覺肚子有點餓了，便在半路上彎進超商內買麵包。

「類，你要吃咖哩麵包嗎？」因為之前說過自己要請客，理人便拿起架上的咖哩麵包。

類非常喜歡咖哩麵包，去麵包店時絕對會夾它。相反的，理人喜歡甜的麵包，於是選了夾著巧克力餡的丹麥麵包。

當兄弟兩人在超商前吃著麵包時，有一對穿著學校制服的男女走了過來。

「理人、類。」大地跟海揮著手朝他們走來。因為家就在附近，大地會先回家一趟再來補習班。

就讀女子高中的海是個有著圓亮大眼、看起來有些強勢的女生，她與大地的五官有些相似，但兩人站在一起的話，看起來卻不太相像。

「欸，雖然知道你們已經有麵包了，但我有帶了一些荻餅過來，你們要不要吃一點？我奶奶交代我說要拿來跟朋友分享。」

海身著的水手制服外面套了件尺寸略大的針織外套，手上拿著一個用包袱巾包著的物品，她把它遞到理人與類的面前。大地臉上的表情有些困窘，並沒有看向這邊。不知道是不是錯覺，他們之間的氣氛好像有些僵硬，與以往不太一樣。

「荻餅……是什麼東西？」理人一臉疑惑地來回看了看海與大地。

霎時，海與大地發出「咦——！」的聲音，看樣子那似乎是一種很有名的食物，可是理人從沒有聽說過。他向身旁的類問「你知道那是什麼嗎？」，類也回答：「應該是一種甜點吧？雖然我不太清楚。」

類興致勃勃地看了看那個包袱，海於是洋洋得意地帶著理人兄弟，一起走到超商前方的公園裡，反正現在離補習班開始上課還有三十分鐘左右的時間。

「理人你們真的不怎麼懂日本文化耶。每年的春分和秋分都要吃荻餅喲。」在長椅上落坐後，海把包袱巾拆開，語氣自豪地說道。

「可是我們都是在日本出生長大的。」類很小聲地吐槽。

「咦？那你們家餐桌上都不會出現萩餅嗎？真的假的？我們家在這個時節裡可是會被迫吃下一大堆欸。」大地的語氣中充滿羨慕。

海攤開包袱巾後，包在裡面的塗漆四角木盒便露了出來。打開蓋子，木盒裡塞滿了黑色與黃色相間的東西。

「咦，這是什麼？那是紅豆泥嗎？」

理人十分直接地提出問題，聞言，海用一副難以置信的眼神看過去。

「這是一種用紅豆泥包住白飯做成的點心啦。這一排是芝麻的，另一排是撒上黃豆粉的，可以直接用手拿沒關係喔，吃吃看吧。」

在海的邀請下，理人和類對看了一眼，分別拿起一個萩餅放入口中。Q軟的口感以及白米的香甜滋味在口中擴散開來。

「咦——挺好吃的欸。」理人吃了一口後就喜歡上了，開始大口大口地把手上的萩餅塞進嘴裡。

「好甜……」類不太喜歡甜食，因而露出了微妙的表情。

「很甜對吧？其實我也不太喜歡。就算是雙胞胎，口味果然也會有差異——像我們兩個，小海喜歡吃甜的，我就喜歡吃辣的。可是，每到這個時節都會被強迫吃下一堆萩餅，奶奶很囉唆，一直叫我要拿去跟朋友分享。」大地很認同類的感想，整張臉都皺了起來。

「咦——荻餅明明就很好吃。看來只有理人能理解我。」

海伸手抓起一個芝麻荻餅，開開心心地吃了起來。理人在放學後就覺得肚子就有點餓了，於是也接連吃了黃豆粉與芝麻口味的。荻餅明明這麼好吃，類卻說他只吃一個就夠了。

「即使是同卵雙胞胎，口味也會不一樣呢。」海一臉奇怪地看了看不肯吃荻餅的兩人後，這麼說道。理人邊咀嚼邊看向類，結果類不知為何得「噗」地笑了出來。

『哥哥嘴裡塞滿東西的模樣真可愛。』

聽到類的感想，理人覺得非常困窘。

『真可愛。雖然我不喜歡自己的臉，可是哥哥的臉真的好可愛，嘴邊還黏著芝麻呢。』

海好像正在說著什麼，但類的心聲在理人的耳中更加清晰宏亮，讓他感到有些無地自容。他用手擦掉黏在嘴唇上的芝麻，尋找附近有沒有洗手檯。

「對了，為什麼春分秋分要吃荻餅呢？」

雖然已經明白了荻餅是什麼，但還是不清楚它與春分秋分的關聯。

「咦？這個我就不清楚了。」大地難為情地閉上了嘴巴。

「真是的——大地和類都不幫忙吃，還剩很多耶。」

四角木盒裡剩餘的荻餅數量讓海很洩氣。海很喜歡奶奶，所以不喜歡看到奶奶做的食物被剩下來。

「我可以把這些帶回家吃嗎？」理人顧慮到海的心情，一邊在包包裡翻找便當盒，一邊詢問。海的眼睛瞬間一亮，臉頰也紅了起來。理人打開空的便當盒，很高興地把剩餘的荻餅裝了進去。

「太好了——理人，謝謝你。」

「這個真的很好吃，我想帶回家吃。」

把裝著荻餅的便當盒收進包包裡，理人瞄了類一眼，類垂著頭，眼神看起來很不高興。這個麻煩的弟弟只要看到哥哥對女生溫柔，就會鬧起彆扭。

「你們有想要喝什麼嗎？我請你們喝飲料當作回禮。啊，類的份我也一併請。」

在洗手檯洗過手後，理人對大家這樣說道。

他們一起走到附近的自動販賣機前，理人請大家喝各自喜歡的飲料。因為吃過了甜點，所以理人拿起綠茶一口氣灌進嘴裡。

「喂——理人，你聽我說，小海那個臭傢伙……」

大家站在自動販賣機前面喝飲料的時候，大地了無生趣地瞪著海看。看來他們不只是因為荻餅而鬧不和，還正在為了某件事吵架當中。

「喂，你想把那件事也告訴理人和類嗎？你這個人真的很爛耶。如果你要講那件事，我就要先走了。」海翻了翻白眼，接著踏著怒氣沖沖的步伐走回了補習班。

理人瞪圓了眼睛，暗忖究竟發生了什麼事，就見大地朝離去的海吐了吐舌頭，然後大大地嘆了一口氣。

「你知道嗎？她竟然把我的色情書刊交給我爸媽了，真是讓人難以置信。發現我的色情書刊時，她不是應該默默把書放回原位嗎？真是丟臉死了。」海離開後，大地回想起昨天那令他憤怒的情況，握緊了拳頭，舉起碳酸飲料大口灌下。

理人望向正走出公園的海的背影，露出苦笑。「原來是這麼一回事——」

「你們真好，兄弟倆都是男的，應該就沒有這種煩惱了吧。我們家空間很小，所以我跟小海共用一個房間，中間只用布簾區隔開來，老實說實在很痛苦。」

大地露出鬱悶的笑容，等著理人的安慰。理人卻一臉為難。

「呃，其實我們家也禁止看色情書刊。」理人小聲地說。大地聽了十分震驚。

「啊？怎麼會？」

「以前國小的時候，我們看了朋友到處傳閱的色情書刊，結果媽咪超級生氣的，還規定我們絕對不能看那種書。」昔日的回憶浮現在腦海中，理人乾笑了一下。

現在回想起來，那種書不但毫無正確的性知識可言，他和類坐在客廳一起觀看的行為也可說是非常大膽。

「咦──太誇張了吧？」

「雖然禁止我們看色情書刊，不過，他們並不禁止我們和女生去外面過夜之類的事。我媽咪說過，會禁止這些，好像是因為色情書刊與男尊女卑之類的觀念有關。」

理人在說明的同時，也感受到自己家果然是與眾不同。當時理人與類還是小學生的時候，母親就鉅細靡遺地教導他們要如何避孕，並且說，只要對方同意，也可以做那方面的行為。

「那你們想做的時候，都是看什麼解決的？不能看色情書刊的話，應該也不能看A片吧？還是你們都躲起來偷偷看？」大地似乎徹底被勾起了興趣，接二連三地提出問題。理人不禁笑了出來，心想類才沒那麼幼稚呢。

「類可以直接叫對方脫給他看呀。」

理人一不小心就說溜了嘴，現場頓時一片鴉雀無聲。類瞪大了眼睛凝視著他，大地則是用羨慕的眼神看著類。

「你、你說直接叫對方脫，也就是說，類果然有那方面的對象囉！也對，用膝蓋想也知道你不可能還是個處男。呿──你這傢伙果然是人生勝利組，我們能這樣聊天，也是因為有同是雙胞胎這個前提在吧。你有女朋友嗎？肯定有吧？」

大地一邊扭動身體，一邊喋喋不休地說道。另一方面，類則用試探的眼神看著理人。

『理人是在說誰？我應該從來沒有在他面前提過任何女生才對。就算是那些從理人那裡搶過來的女生，我最多也只有接過吻而已。』

類的視線讓理人直冒冷汗，臉色也同時變得蒼白。最近他常常犯下這種粗心大意的錯誤，因為類常常把話說在心底，讓他不自覺間以為是自己親耳聽到的，便直接開口回應了。他必須謹慎一點才行。

「快上課了，我們得走了。」理人從後面推著對類的戀愛故事充滿興趣的大地，離開現場。

不小心說溜嘴的一句話，讓類朝哥哥投以疑惑的目光。理人暗忖，晚點他得先想好藉口才行。

背後頂著類的視線，理人急忙走出公園。

補習班下課後，理人以即將結束的連續劇做為話題，想轉移焦點，類的腦袋裡卻滿滿得都還是理人說的那句話。回到家後，他們把收到的荻餅拿給父母親看。父親覺得很懷念，然後吃了幾個，而第一次吃到荻餅的母親，似乎也喜歡上了這個點心，對這種Q軟的口感讚不絕口。

「聽說春分時吃的叫做牡丹餅喔。」父親把從理人奶奶那裡聽說過的習俗告訴大家。

理人父親那邊的爺爺奶奶原先住在埼玉那邊的郊區，已於幾年前去世了。母親那邊的祖父母則住在法國，相隔幾年才會見一次面。

「類今天很沉默耶，發生什麼事了嗎？」母親敏銳地察覺到類的樣子似乎和平時不太一樣。

類的腦袋裡一直不斷反覆播放理人說的那番話，連一旁能聽到他心聲的理人都開始覺得痛苦了。

「沒事……」類保持著沉默寡言的狀態，很快就把自己關進了房間裡。

他上去二樓後，心聲就變得沒那麼清晰了，理人稍微放下心來，在客廳裡讀著書。

——唉……如果我們不用睡在同一張床鋪上的話，我真的會感到輕鬆很多。

對於盡可能想減少兩人獨處時間的理人來說，在同一張床上起臥是件很痛苦的事情。由於類的心聲，理人很難入睡，同時又因不知道類什麼時候會對自己出手而感到焦慮。

「理人，你真的打算瞞著類去考試嗎？」

理人在餐桌上打開參考書後，原本坐在沙發的父親踱步過來，小聲詢問。

「爸爸千萬別告訴類喲？如果他知道了，極有可能會說他也要跟我上同一所學校。」

理人一邊掛心類有沒有從樓上下來，一邊輕聲說道。

「嗯——因為那小子真的黏你黏得很緊呢。但這是因為他一直很擔心你。」

父親板著臉，雙手環胸。

「我當然知道，但我已經十八歲了耶？不能一輩子都和類待在一起吧？必須慢慢開始獨立自主才行。我想先從讀不同學校開始，慢慢試著自己獨立生活。」

理人闔上參考書，講述對未來的想望。如果他們就讀不同的大學，以後應該會各自從事不同的工作，類或許會正式進入模特兒產業也說不定。撇除家人的偏心心態不談，類本就具備相當引人注目的氣場，在雜誌版面上也都占據了不錯的位置，未來還有很大的發展空間，理人不希望弟弟為了他而毀了自己的將來。

「類如果知道了，肯定會很生氣吧？一想到會發生什麼事情，我就覺得頭痛。」

母親從廚房端來一套茶具。她用玻璃茶壺泡了花草茶，並為理人倒了熱騰騰的一杯。

「……理人，最近覺得身體怎麼樣？」父親在理人對面的椅子上坐下，探頭過來詢問。

「一點問題都沒有，甚至可以說是身體狀況良好喔。」

理人握著拳頭、舉起手臂，擺出強壯的姿勢做回應，接著翻開了參考書。

——理人在幾年前罹患了某種疾病，家人們因此都很擔心他，類甚至會二十四小時都保持戒備狀態。這種疾病其實不會妨礙到日常生活，所以理人感到很愧疚。他的身體既沒有哪個部位會疼痛，也不覺得有哪裡痛苦，其實相當健康，家人卻一直為這樣的他擔心不已。

「我們該要擔心的，反而是類吧？要多多關心他的精神層面才行。」

理人露出微笑，坐在父親身邊的母親說著「的確」，一邊聳聳肩。父母兩人都已經觀察到類對理人很執著的情形了，類也沒有想隱瞞自己舉動的意思。雖然沒有親口明確說出來，但他已經下定決心要好好守護理人了。父親和母親縱然沒有發現類會對理人產生異樣的情欲，但是他們跟理人都同樣很在意類的狀況。

「雖然我不贊成向類保密這件事，但類真的需要離開理人。」花草茶的香氣讓母親瞇起眼睛，往父親身旁貼近。

「因為家人感情太好而苦惱，還真是奢侈的煩惱呢。」父親笑了笑，氣氛頓時變得平靜祥和。

理人一家人感情很好，類有經歷過叛逆期，不過理人直到現在都不曾出現過這樣的跡象。理人很喜歡自家恩愛的父母，對同為雙胞胎的類也抱有深厚的愛意，因此，他不想失去這段溫柔的時光。他希望將來類可以把喜歡自己的兄長這件事，當成是年少輕狂的錯誤，並從中成長。

——希望類已經睡著了……

做完明天上學的準備工作，理人踏進臥室後，腳步隨即一頓。類正盤腿坐在床上，保持清醒地等待理人的到來，理人的希望落空。在他爬上床鋪之時，類重新提起了在公園裡的那番對話。

「老哥，那時候你為什麼會說那種話？」類露出鑽了牛角尖的表情開口詢問。理人假裝自己很睏，然而類不吃這一套。

自己這張嘴，真的必須要好好鎖緊才行。理人裝作若無其事地在床上躺下。

「喔，那個啊……因為你確實有那種對象，不是嗎？你身上有時候會散發出香水味，而且我也可以從你身上隱約感覺到那股氛圍。」

萬一類仔細追問可就傷腦筋了，於是理人用「隱約感覺到」這種話中有話的方式一口咬定。而事實上，他知道對方的名字叫「Miko」，並且年齡比類還大。他不記得類的身上是不是曾經出現過香水味，而且類工作時也會噴香水。但以現實面來說，類確實有那種對象，因此只要他堅持己見，類應該也會接受。

聽到理人的說詞之後，果不其然，類就像出軌被發現的丈夫一樣驚慌失措。

「原來……是這樣。」類轉開視線，面色扭曲，「不會吧，我明明一直很小心提防，不想讓他發現的……」這樣的心聲同步響起。

「可是你一直沒有把對方介紹給我認識欸——」

為了表達自己不介意，理人笑著躺到枕頭上。類沉默地垂下頭，把頭髮抓成鳥窩。

『老哥都不會介意嗎？也對，反正對他來說，我只是他的弟弟。』

生悶氣的心聲大聲傳來，理人不由得皺起了眉頭。雖然他只能聽見聲音，但有時也能接收到類的情緒。

「我們又不是在交往，只是偶爾上個床而已。她不是我的女朋友。」

類用賭氣的語調開口說道。理人不禁身體一僵，抬頭看向類。他沒有漏聽這番以充滿惡意的方式述說的話語，於是他慢吞吞地撐起身體。

「你……這種交往方式，我覺得不正常……」理人無可奈何地開口說道。

身為哥哥，理人不得不對弟弟進行一番說教。他知道類對他以外的人講話都很殘酷無情，現在才阻止或許為時已晚，但如果不偶爾規勸一下，類的行為會越來越過火的。

「我不想被從沒和女生交往過的老哥說教。」

被類冷眼回視，理人閉上了嘴巴。他很想反駁說，這還不都怪你橫刀奪愛，把我喜歡的女生全都搶走了！但最後還是故意保持沉默。

因為這種話題很危險，不知道哪句話會就此變成導火索，讓類從口中洩漏出他的心聲。他不想面對類的真實想法，如今這種危險的平衡萬一被打破，頭痛的只會是他自己。理人只願意接受類有「嚴重的戀兄情結」這樣的程度。

「你說的對，對不起。」理人果斷道歉，然後轉身背對類，再度鑽進了被窩裡。

接下來，類卻焦急地伸手抓住他的肩膀，強硬地把人轉了過來。強而有力的手勁讓理人吃了一驚，他抬頭看向彎腰俯身過來的類。

「老哥這一點真的讓我很不爽。為什麼你總是馬上就讓步了，以前你不是都會找我大吵一架的嗎？」類一臉凶惡地逼近。理人被他的氣勢所壓倒，身體往後縮了縮。

「我怎麼會想跟現在的你吵架啊，你的體格和各方面都贏過我了欸。」

為了讓類冷靜下來，理人說了一堆廢話，結果類像突然生起氣來般，一把抓住理人的衣襟，把人拉了過來。身體被人不費吹灰之力地拉起，等理人回過神來時，類已經抓住了他的後頸，並強行親了上來。他大吃一驚，身體僵直如雕像，並伸手抵住類的胸膛往外推，對方卻紋風不動。

「……這都要怪老哥啦！」

相貼的嘴唇分開，類發出怒吼。他的音量讓理人的身體用力一抖，連類自己也被嚇到了。

都要怪他——或許真的是這樣吧。理人很懷念從前，他們兄弟擁有相同的長相、相同的身高、相同的體重，打架時勢均力敵，毋須顧慮對方。

「類——」大吼過後的類反而露出受傷的神情，理人便有點沒出息地開了口。類再度朝他親了過去。嘴唇被一下一下地啄吻，理人的身體瞬間熱了起來。不妙，這種狀況相當不妙，類快要失去理性了，他必須想個辦法讓對方恢復。

理人用手摀住了自己的嘴巴。類注意到後，便吐出熾熱的呼吸抵住他的額頭。

「晚……晚安吻只要親一次就夠了……」理人動了動顫抖的嘴唇，費盡力氣地說道。

下一刻，抓住理人肩膀與後頸的類放鬆了手臂的力氣，理人感覺到對方的怒火平息了。他還不想中止兩人的兄弟關係，所以希望類可以讓步。或許是老天爺聽見了理人的願望，類把自己的頭髮抓得亂七八糟的，轉身背對他躺到床鋪上。

「我要睡了……」類口氣不佳地說道。

理人鬆了一口氣，慢慢地躺下。他蓋好被子，使出吃奶的力氣想壓下如雷鳴般的心跳。

『剛剛一時氣昏頭就親下去了，但哥哥是笨蛋嗎？那怎麼可能是晚安吻啊？啊——可惡，好想侵犯他，想插進哥哥的後穴，把他弄得亂七八糟的。我想讓他知道我最喜歡的人究竟是誰，然後……想對他大罵，說是因為哥哥，我才會去找女人做為代替品發洩性欲的。』

類充滿激烈衝動的幻想，讓理人的呼吸粗重了起來。他一邊祈禱類不要做出那麼可怕的舉動，一邊縮起身體。

或許是考試壓力的影響，類最近變得很容易生氣。為了不讓類的怒火爆炸，理人叮嚀自己務必小心發言。他打算找一所距離遠到無法從家裡通勤的大學，於是他告訴自己，只要再忍耐幾個月就行了。如果讓這種不正常的狀況持續下去，總有一天類的忍耐力會告罄的。

理人喜歡的，是既是家人、也是他的雙胞胎弟弟的類，這分感情只屬於家人間的親情。但也因為這個緣故，無論類對自己做了什麼，他都無法真正討厭他。縱然類對自己懷有不正常的感情，對方依然是自己的弟弟。如果可以的話，他希望類能把視線轉向自己以外的其他人，從這個詛咒中解脫。兄弟兩人談戀愛是毫無意義的，只要能拉開距離，類肯定能愛上另一個人的吧。

——只上不同的大學可能還不夠，類必須要有一個認真交往的對象。不知道他會不會喜歡上海？海是一個很好的女生，類看起來也不討厭她。如果我假裝喜歡海，類說不定也會對她產生興趣。

感受著從背後傳來的類的體溫，理人努力摸索著，想找出能改善這種情勢的方法。

今晚又是一個難以成眠的夜晚。他一面為類出現危險傾向的情況擔憂，一面死命裝出沉沉睡去的模樣。

時間來到了十月分，日子一天接著一天匆匆地流逝。理人的成績已經達到了他心儀大學的錄取範圍內，大考氣氛越來越濃，同學們都很緊繃。校慶活動與運動會都已經結束了，剩餘的日子裡幾乎沒有什麼學校活動，唯一剩下的只有合唱大賽了，不過那也和理人的班級沒有關係。

以每星期一天為條件持續做下去的打工，還是一樣忙碌，不同於往常的是，先前邊哭邊吃牛排的那位年輕女子現在偶爾會來光顧。好好上妝一番後，她的外型其實相當可愛。

對方似乎記住理人的臉了，理人第二次碰到她、正幫她點餐的時候，年輕女子開口對他說「上次真的很抱歉」。她來過幾次後，理人便得知她在牛排館附近的公司上班。她有一次在公司午休時間來牛排館用餐，那時，理人從對方脖子上掛著的員工識別證得知她姓「有澤」。

「小此木同學是高中生嗎？你是混血兒吧？像你這樣的美少年應該很受歡迎吧？」某次有澤來牛排館用餐時，她興致勃勃地提問道。

理人苦笑著擺擺手。因為制服上掛有名牌，所以有澤也知道他的名字。

「像我這種感覺很孩子氣的類型，其實一點都不受歡迎喔。」

他不能說家裡有個和他長得一模一樣的高挑帥哥，只能含糊其辭地把話帶過。有澤的年齡比理人大，還是牛排館的客人，雖然是女生，理人卻能放鬆心情和她聊天。以往在學校和女生講話時，由於顧忌類的目光，理人總是避免與她們說話說太久。

「少騙人了。有你這樣的學弟入學，照理說學姐們不會無動於衷吧。」

有澤認定理人就是高一生。到了這個地步，理人也無法把自己是高三生的事告訴對方，便適當地附和對方的話。有澤大概是覺得考生不會在這個時期出來打工吧。

這天牛排館的客人只有小貓兩、三隻，兩個外場服務人員就足以完成所有的工作。把某一桌結伴而來的客人所點的兩人份牛排放到托盤上後，理人小心翼翼地端出去。牛排鐵盤因為高溫而滋滋作響，一碰到就會燙傷，只有握把的部分不導熱，因此把鐵盤放到桌上時要握著把手。

當理人要橫越走道時，他聽到了一陣嘈雜聲。坐在窗邊的有澤面前站著一個穿著老舊西裝的男人，兩人看起來似乎是在吵架。

「喂，那邊好像不太妙耶？」

「那個人拿出刀子了！」

附近的客人大喊出聲，理人嚇了一跳，立刻朝有澤和西裝男人的方向跑了過去。有澤一臉慘白，整個人幾乎要從椅子滑到地板上去了，駐足在她面前的男人手裡拿著水果刀，情緒激動地喊著「開什麼玩笑！臭女人！」。附近的女生發出尖叫並連忙逃跑。

「這位客人！」理人大喊出聲，想要制止這個男人。

雖說牛排館有事先準備了遇到這種情況的應對指南，但實際遭遇到時，理人的腦子裡一片空白，什麼都想不起來。相對的，他一門心思都放在自己必須制止這個持刀男人的念頭上，便一手抓起牛排鐵盤，從男人身後、朝對方的肩膀一帶砸了過去。

「好燙！」拿著刀子的男人發出慘叫，轉身看了過來。

鐵盤的炙熱高溫似乎讓他驚慌失措，半蹲了下去。理人緊接著用左手拿起另一塊鐵盤，朝男人的臉上扔過去。被加熱過的鐵盤正面砸中臉，男人大驚失色地發出哀號。

「嗚、嗚嗚……」男子摀住紅得彷彿要滴出血來的臉，驚慌失措地衝出牛排館。

理人大口喘著氣，雙腳發抖，水果刀掉在了他的腳邊。有澤臉上血色全無，「哇」地一聲哭了出來。剎那間，理人莫名其妙冒出一身汗，整個人一屁股跌坐在地上。

「店員弟弟真厲害！」

從頭到尾默默在一旁觀看的客人們高聲呼喊，接著不知為何地鼓起掌來。理人站不起來，也無法回過神來，直到店長和由紀跑到自己面前為止，他的腦袋都是一片空白。

「小此木同學，你沒事吧？喂，妳快去報警！你有沒有受傷？這位客人，您沒事吧？」

店長臉色發青地檢查著有澤和理人的狀況。由紀說她馬上報警，並拿出了手機。有澤邊哭邊走向理人，不斷反覆地說「小此木同學，謝謝你，真是嚇死我了」。

理人終於轉動脖頸，眼睛看向散落於地的牛排和炸薯條的殘骸。

「啊，店長……對不起，我打翻了東西……」

理人說話時仍舊一臉呆愣，店長緊緊抱住了他。

「打翻就打翻了！你做得很好！那個男人逃跑了！」店長神情興奮地說個不停。

理人急中生智、丟出鐵盤的舉動發揮了功效，成功擊退了那個持刀的男人。

「好痛——！」

稍微冷靜下來後，雙手立時傳來一陣痛楚，讓理人發出痛呼。他的雙手變得紅通通的，這是因為他的肢體比大腦快一步做出反應，直接赤手抓住了鐵盤所導致的。當時明明可以抓住握把，可惜理人不知為何偏偏抓住了鐵盤正中間。那個時候，他無意識地用左手去抓取第二個鐵盤，就是因為右手發出了疼痛的訊號。

「你這是燙傷了吧！必須馬上浸泡冷水才行！」

發現理人的雙手被燙傷，店長氣勢洶洶地把人帶進廚房，拉到水槽邊，讓水龍頭的水淋到理人的雙手上。痛楚一陣陣湧上來，手掌和手指又紅又腫，看起來慘兮兮的。

「到底發生了什麼事？」

「小此木是我們的英雄！」

「有個持刀的男人對客人——」

廚房裡也一片混亂，牛排館內好一會兒都處於嘈雜之中。店長努力收拾殘局，指派員工打掃髒掉的地板和安撫客人。過了十分鐘後，警察來到了牛排館，開始了解情況。由於理人需要不停用冷水讓雙手降溫，所以警察直接走進廚房來，詢問了他許多問題。

「小此木同學，今天牛排館要暫時休息，我陪你一起去醫院吧。」

店長做完筆錄後，用拘謹的神情對理人這麼說道。由於先用冷水冷卻傷口、冷卻了三十分鐘，現在理人手部的疼痛稍微緩和了一些，他乖乖地和店長前往附近的醫院進行治療。那是一所綜合醫院，離車站大約徒步十分鐘。

「大概兩個星期就能徹底復原了，不用擔心。」護理師帶著笑容對理人說道。

理人的雙手被繃帶一圈圈地包裹起來，讓他看起來像個重傷傷患一般。

「小此木同學，我已經打電話到你家了，他們說會馬上過來。」有店長幫忙支付醫療費用，理人放下了不安的心，卻沒想到店長隨即在候診室做出了驚悚的發言。

「咦，誰要過來？」

如果來的是父母就沒問題，但如果來的是類，總覺得會發生很可怕的事，這讓理人開始緊張了起來。萬一被類看到他這副宛如重傷的模樣，事情會很不妙。理人暗自祈禱，希望來的人只有母親一個。可惜，他還是見到氣急敗壞的類出現在了醫院的候診室，母親也跟在後面走了進來。

「老哥！」找到縮在候診室沙發上的理人後，類衝了過來。

店長認識曾來過牛排館幾次的類，於是從沙發上站起身。

「老哥！你沒事吧？這個傷是——」

身上散發出危險氣息的類，屈膝跪在落坐於沙發上的理人身前。母親晚了幾步登場，和店長互相鞠了躬。周圍的人都把視線投向這個鶴立雞群的外國家庭。理人意識到他們正沐浴在眾人的目光之下，令他的內心冷汗直流。

『哥哥這個大笨蛋！為什麼要做那麼危險的事！萬一哥哥出事的話——』

類激動的吼叫鋪天蓋地傳來，令理人一陣頭暈目眩。他用失去冷靜的聲音，把對鬧事男人的謾罵、得知哥哥被捲入麻煩的焦躁、接到電話時的心驚膽跳全部吼了出來。類的心聲很宏亮，讓理人反省自己不該讓弟弟這麼擔心。

「先前我在電話裡提過，我們牛排館來了一位拿著水果刀亂揮的男人，是小此木同學幫我們擊退了對方。他的雙手是因為抓住鐵盤才燙傷的，不是被鬧事男人砍傷的。」

店長鉅細靡遺地向母親解釋事件的前因後果。聽到兒子的英勇事蹟，母親反而露出十分高興的表情，但理人受傷這件事，對類而言卻宛若一道晴天霹靂，讓他看起來好像隨時都會暈倒。

「我只是稍微燙傷了而已，你不用擔心啦。為了固定裡面的傷口敷料才會用繃帶包起來的，醫生也說這種傷勢很快就能痊癒。」理人想讓類安下心來，於是開口解釋道。但類只是咬著嘴唇撫摸著理人的手臂。

「未來兩、三天我的雙手都不能動彈了，真讓人傷腦筋呢。」

為了和緩類臉上的陰沉神情，理人露出開朗的笑容說道。

「還不都是因為你到現在還在打工，才會遇到這種事！快點把工作辭掉。」

類斜瞪著他命令道，理人的笑容似乎一丁點都沒安撫到類的心情。理人的表情一僵，倏地站起來轉身面對店長。「我的打工就做到今天為止，可以嗎？」

被一個身高一百八十公分的混血男性居高臨下地俯視，就連店長也不敢開口要理人再多做一段時間。「好、好的……可以……」

平時總是很強勢的店長發出罕見的怯懦聲音。母親趕緊對她露出笑容，幫忙打圓場，然後接過理人的包包。

「好了，我們回家吧。」

在母親的催促下，理人一邊向店長告別，一邊朝醫院停車場走去。類一直滿心不悅，他走在理人身邊，同時不停偷瞄理人包著繃帶的手。

「類你太愛操心了。理人救了女孩子，你應該稍微褒獎他一下。」

坐到汽車駕駛座的母親笑著這麼說，理人鑽進後座並點頭贊同。他想用受傷的手繫上安全帶，卻因為動作不便而遲遲扣不起來。這時，跟在他後面上了車的類替他繫上了安全帶。似乎是因為類彎腰前屈的關係，理人感覺到了對方的體溫。

「媽咪樂觀過頭了，萬一老哥出事了怎麼辦？再說，看到有男人拿著刀走進牛排館的那一刻，老哥就應該先打電話報警，再躲到安全的地方去才對。」

類闡述了一個正確至極的看法。其實，理人也搞不懂自己那時候為何會衝去幫助客人，懦弱的自己遇到那種情況，在正常情況下只會全身發抖而已。大概是看到認識的客人遇到危機，自己才會不由自主地衝出去吧。

「你說的也對。可是，這次一切都很順利，這樣不是很棒嗎？今天晚餐就吃理人最喜歡的壽司吧？我一定要把理人的英勇事蹟告訴你爸爸才行。」

母親慢條斯理地開著車，一邊說道。夾在不高興的類與非常高興的母親之間，理人因雙手的疼痛而皺起了眉頭。

回到家後，理人馬上就發現無法使用雙手是一件非常令人頭痛的事情。

不但無法脫衣服，想讀書也不方便，就連喝水都麻煩到了極點。他的燙傷其實沒有很嚴重，所以雙手還是可以使用，只不過類一直跟在身邊照顧他，彷彿幫他當成嬰兒，什麼事都不讓他做。

「理人，啊——」母親非常享受目前的情況，想餵理人吃晚餐的壽司。類也迅速用筷子夾起理人喜歡的料，送到他嘴邊。

「你們兩個，是不是覺得很有趣？」咀嚼著蔥花鮪魚卷的理人板起了臉。類果然熟知理人喜歡的壽司食材，送進他嘴裡的全都是他想吃的口味。

「理人現在就像雛鳥一樣，對吧？類。」

媽媽笑得很開心。餐桌上不只有壽司，還放著理人喜歡的茶碗蒸，和他們家附近有名的蛋糕，宛如在舉辦慶生會。就在理人被母親和類餵食的時候，父親下班回來了。

「理人，你的傷還好嗎？」父親滿臉擔憂地跑進客廳來。

母親很自豪地述說事件的始末，理人也比手畫腳地描述自己是如何擊退鬧事的男人，類則是一臉不高興地聆聽著。假如聽不見他的心聲，類的樣子看起來就像是覺得只有理人備受關注，而在鬧脾氣。然而，他只是在為做了危險行為的理人感到擔憂。

「對了，理人要怎麼洗澡呢？你的手不能弄溼吧？讓類幫你怎麼樣？」

全家一起享用晚餐時，母親漫不經心地開口說道。

——咦，洗澡……

理人如石化一般地僵住，頓時陷入沉默。他不自覺地回頭看向類，發現對方也石化了。

「……可以是可以。」類故意用很冷淡的聲音答道。

——不不不，絕對不行！

理人的臉色微微一僵，接著露出乾笑。「不用了，一天沒洗澡也不是什麼大不了的事……而且這樣對類過意不去。」

和想要侵犯他的弟弟一起洗澡，這是哪門子的酷刑，必須巧妙地蒙混過去才行。

理人笑了笑，想帶過這個話題。

「你在說什麼傻話？給我去好好泡個澡。你們是兄弟，一起洗澡又沒關係。」

母親的心裡並沒有不洗澡這個選項，她用受不了的語氣回答。理人雖然很想反駁，正因為是兄弟所以更不可以，但還是把話用力吞回了肚子裡。兩個人一起洗澡，就代表類會看到他全裸的模樣……理人打了個冷顫。

「我，呃，那個……」

理人臉色漲紅，露出扭捏的神情。類迅速站了起來。

「那我先去打掃浴室。」不等家人回應，類便離開了客廳。

「沒想到類竟然願意主動幫忙呢，他一定很擔心理人吧。」

「你有個好弟弟呢，理人。」

母親和父親極力稱讚著類。此時的氣氛一派和諧，但理人卻冷汗直流。從各個角度來說，和類一起洗澡絕對是一件很糟糕的事，理人覺得很頭痛。心裡雖然這麼想，卻找不到任何名正言順的藉口拒絕，讓他感到心焦。不然突然說自己肚子痛試試看？可是裝病也會有被拆穿的可能性。

就在理人的腦筋亂成一團的時候，掃完浴室的類回到客廳，幫理人把蛋糕切好放到盤子上，然後以一副理所當然的姿態，用叉子把草莓鮮奶油蛋糕切開來。

『一起洗澡嗎……我得小心一點才行。』

類沉默地遞出叉子上的蛋糕，理人便帶著探究的心態大口張嘴享用。他還以為類一定會很高興，沒想到對方似乎也覺得兩人一起洗澡不太妙。這麼看來，他的貞操或許不會有危險了，理人稍微放心了一些。

「今天發生了很多事情，你快去洗個澡，然後睡覺吧。」

當理人吃完蛋糕，坐在沙發上放鬆休息時，洗澡水加熱完畢的電子通知聲隨之響起，母親便開口催促道。類也迅速俐落地把洗完澡要穿的內褲和睡衣拿到浴室裡。

「老哥，來這邊。」

在類的呼喚下，心不甘情不願的理人慢吞吞地起身。比起和持刀男人對峙，現在的情勢更令他感到緊張。理人裝出若無其事的模樣走向浴室。

當兩人在更衣間獨處時，理人的心跳得更快了。

「麻、麻煩你手下留情……」

理人被類扯著手臂拉過去，兩人變成面對面而立的狀態。在類的凝視下，理人不自覺吐出這麼一句話。讓類「噗」地噴笑出聲，並用手摀住嘴巴。莫名急促的心跳平息不下來，理人垂下頭，費了一番功夫才總算脫掉了外套。正當他想解開領帶時，類的手伸了過來，小心翼翼地幫他解開，然後再一顆顆地解開他襯衫上的鈕釦。

——嗚——這種時刻實在讓人難以忍受……

唯獨在這種時候沒有聽見類的聲音，理人將頭轉向一旁。襯衫被脫掉了，身上只穿著背心，讓理人感受到一點寒意。類接著把手伸向他的背心，掀起衣襬往上捲。

「手舉起來。」在類的督促下，理人乖乖舉起雙手。

上半身裸露在空氣中後，霎那間，他強烈感受到了類的視線。

『哇，乳頭是粉紅色的。』

聽到類順勢吐露出的心聲，理人連耳朵都紅了。類把衣服扔進髒衣籃裡，然後輕輕鬆鬆地抽出理人的皮帶。

——嗚嗚……這個狀況真的好糟糕。

褲子被類拉下，理人動作僵硬地把腳從褲管裡拔出來。

「我、我可以轉個身嗎？」受不了在面對面的姿勢下被類脫衣服，理人轉過身背向對方。

他很久沒有只穿一件內褲地站在類面前了。無意中往前一看，洗臉檯的那面大鏡子裡，他與類正被映照在其中，類的身材很高大，對比下來，讓兩人看起來簡直像大人跟小孩。

類的手碰上理人的內褲，讓他渾身一抖。

「你、你也快脫呀！」

趕在內褲被扯下來之前，理人大喊一聲，類好像也因此回過神來，縮回了自己的手。

「啊，啊啊……對喔，你等我一下。」

類一邊凝視著理人的背，一邊大大地吐出一口氣。解開領帶後，類稍微沉思了下，便捲起袖子。

「仔細想想，我們一起泡澡的話空間好像太窄了。等幫老哥洗好澡，我就先出去好了。」

類轉開視線，不與理人對視，並張口提議道。結果不一起泡澡嗎？理人覺得有些掃興，且回頭看了看站在背後的類。

「我去換一套溼掉也沒關係的衣服過來，你等我一下。為了不讓老哥受傷的手被淋溼，我再順便拿塑膠袋過來。」類一邊說著，一邊走出了更衣間。

『一起泡澡的話，我絕對會勃起。』

就在他離開之際，這個心聲飄了出來，讓理人臉頰一紅。這種問題理人也不知道該怎麼解決，只能慶幸，還好弟弟放棄了跟自己一起泡澡的打算。

過了五分鐘，類以一身短袖短褲的打扮回來，並幫理人的雙手包上塑膠袋，避免被水浸溼。接著只剩脫內褲這個步驟了，理人以十分難為情的表情低下了頭。

「那、那個，下面、我想用毛巾包起來……」

理人無論如何都不想在類的面前全裸，便小聲說道。類回答了一聲「好」，接著拿毛巾幫他把下腹部包起來。在遮住下半身的狀態下被脫掉內褲後，理人鬆了一口氣。

——真的不想被類看到啊……誰叫我的那裡很小。

身為哥哥，怎麼可以讓弟弟看到自己瘦弱的裸體。這種煩惱對貌似擁有床伴的類來說應該是難以想像的，但理人現今依然維持著少年的體型，不但身高長不高，性器也沒什麼發育，連體毛都十分稀疏。他完全沒想到，要讓別人幫忙洗澡的那一天會這麼早就降臨。

「從頭髮開始洗可以嗎？」

理人維持用毛巾遮著下半身的狀態走進浴室，對類說「接下來麻煩你了」。他坐在洗澡用的凳子上，擺出彎腰低頭的姿勢讓類幫忙洗頭。類拿著蓮蓬頭沖溼他的頭髮，再小心翼翼地幫他搓揉髮絲。

「好舒服……」

剛開始理人還有些顫抖，但沒想到讓別人幫忙洗頭，竟是意外得舒服，原本緊繃的身體也逐漸放鬆了下來。類修長的手指摩擦著他的頭皮，搓出泡沫。

「這是我第一次幫別人洗頭，感覺還不賴。」

類的聲音從後腦杓的方向傳來，溫熱的水從蓮蓬頭傾瀉而下。他還幫理人的頭髮做了一番護理，理人感到難為情的同時，頭髮也洗好了。

「我也幫你洗身體吧。」

接著，類在對方身後跪了下來。理人看到類把沐浴乳擠到手中，他大吃一驚。

「咦?你要用手……幫我洗嗎？」

充滿泡泡的手掌在背部滑動，理人的身體不禁向前一傾。如果類是拿沐浴巾用力幫忙刷背，他就能藉機轉移注意力了，結果萬萬沒想到類竟然是用撫摸般的方式，直接用手掌幫他洗背。

「當然啦。社長之前說過，要盡可能減少對皮膚的刺激。」類說著，一邊慢條斯理地撫摸理人的後頸和背部肩胛骨。正因為從事模特兒一行，所以類對護膚的觀念和理人不同。

——嗚——哇……這個讓人超難為情的。

類的大掌溫柔地摩娑著理人的側腹和腰部。

『真纖細……從背後來看，簡直就是國中生的體型……老哥的背好漂亮。』

自己的背部被類仔仔細細地洗過，甚至連對方的感想都收入了耳中。理人微微往前屈腰，祈禱這個澡可以趕快洗完。然而，類卻彷彿在碰觸珍寶般，從肩膀、腋下、上手臂、手肘到手腕，一一用沐浴乳在各個部位搓出泡泡，讓平時總是抱持著隨隨便便的態度洗澡的理人，覺得全身發癢。

「噫！」

從背後伸出來的手撫上理人的胸口，讓他不由自主地發出了奇怪的聲音。

「啊，抱歉。」類怯生生地收回了手。

反應過度的理人臉上一紅，搖了搖頭。「不，我才要說抱歉，我沒事的。」

「……你能轉向我這邊嗎？」

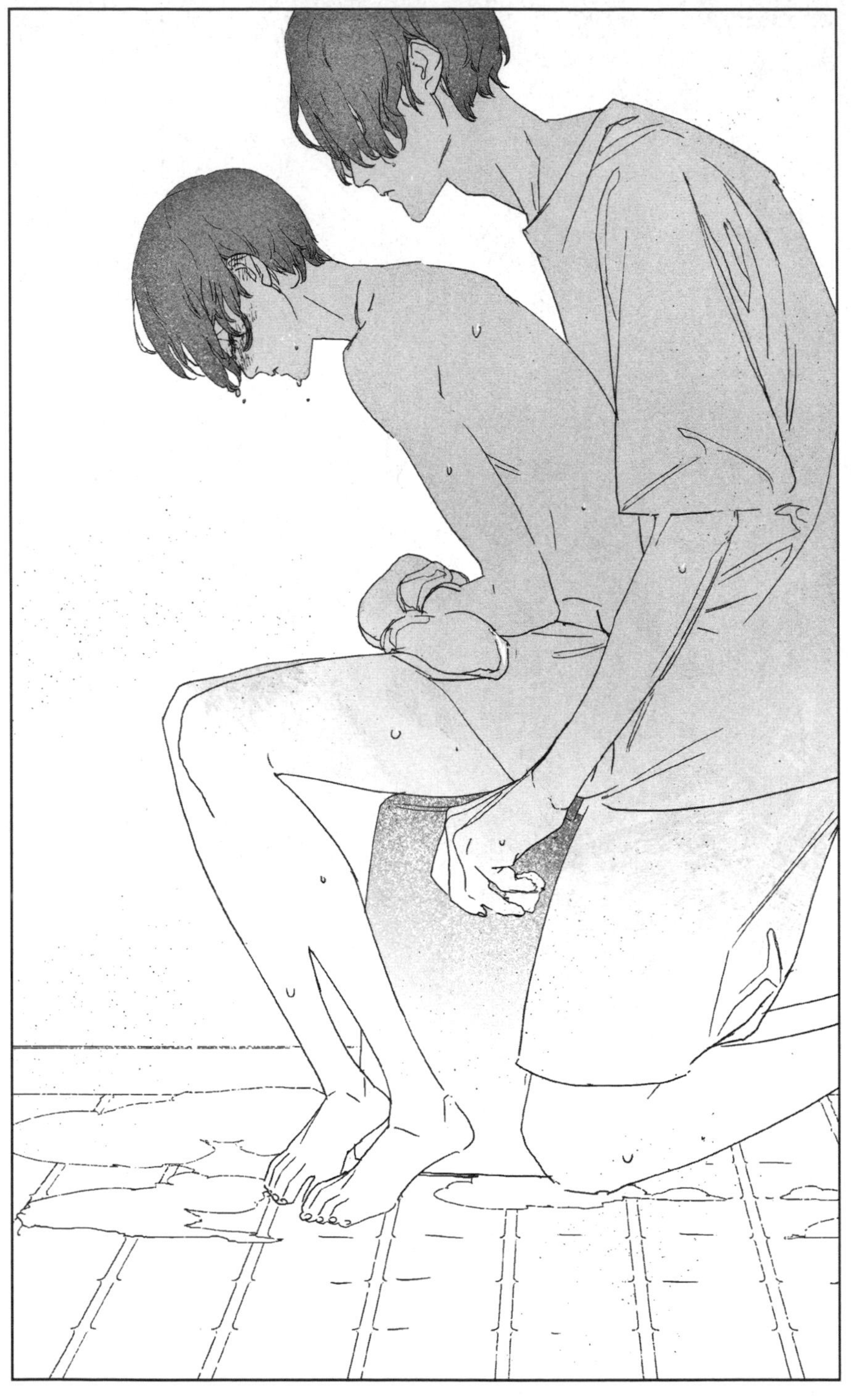

類在理人身後開口，理人便動作僵硬地挪動了方向。白色的蒸氣中，類的臉色似乎有些泛紅，但這並不是理人的錯覺。他開始感到坐立不安，頭也往下低垂著。

於是，在面對面的姿勢下，從脖子到鎖骨，理人的上半身也被類洗過一遍。

——怎麼回事？是因為緊張嗎，我的心跳怎麼……

身體一被類的手撫摸，心臟就會跳得飛快。像這樣被某個人用手撫過整個身體，讓他感覺好奇怪。

「站起來。」

聽到類用沙啞的聲音說道，理人便搭著類的肩膀站了起來。類又擠了一些沐浴乳，從理人的腳掌開始，手掌沿著身體線條緩緩往上滑動。大腿一帶接著就被揉捏了幾下，讓理人差點叫出聲來。為了分散注意力，他原本想張口說點什麼，但看到類用嚴肅到讓人害怕的神情幫自己洗澡，他便擠不出半句話來。

——咦，好像有點、不妙……我、勃起了……

大掌一路滑到腿根，理人喘著氣，陷入了驚慌。類的撫摸方式讓他覺得很色情，體溫也隨之逐漸攀升。

「稍微把身體靠向我，我要把你的腳抬起來囉。」聽到類的低語，理人僵硬無比地靠到對方身上。類舉起理人的腳，連指縫都搓揉清洗一遍。

——來背質數好了……

為了驅散這種奇妙的氣氛，理人開始背起質數。隨著吐息聲響起，類在心裡數著『二、三、五、七……』的聲音，也同時傳入理人耳中，讓他差點忍不住笑了出來。不愧是雙胞胎，這種狀況下，他們轉移注意力的方法也是一模一樣。

『十一、十三、十七……老哥的皮膚真滑嫩……十九、二十三、二十九……好想就這樣一直摸下去。』質數裡混雜了類的邪惡心聲。

「這、這樣就夠了。」

大腿一帶再繼續被揉捏下去，感覺自己會變得奇怪，於是理人以乞求的語氣開了口。

看到類的手離開了自己的身體，理人鬆了一口氣。但下一秒，類再次擠了些沐浴乳出來，大掌從毛巾下襬探入，碰上了他的臀部。

「哇！」

理人嚇了一大跳，發出叫聲。跪在地上的類在撫摸他的臀肉。

「那、那裡不用洗！」

他慌慌張張地想拉開自己與類的距離，但屁股卻被緊緊捏住，整個人動彈不得。類抬頭仰望站著的理人，眼神嚴肅地挪動滑溜的手掌。

「不可以，這裡也必須洗乾淨。」

類略微強硬地撫摸理人的臀部，手指同時滑向股縫。他第一次被其他人用手指撫摸這個地方，理人的臉一路紅到了耳朵，腰部也往後縮了縮。

再摸下去就糟了！就在他這麼想的瞬間，類的手繞到身前，握住了他的性器。

『啊——老哥是不是討厭被人看到他很小？簡直就跟小孩子的差不多。』

類的心聲刺入胸口，理人的雙腳開始顫抖。雖然用毛巾遮住了下半身，但類還是透過觸摸的感覺發現到了。

「真是不好意思喔！我就是跟小孩子一樣小！」

一時怒上心頭，理人不由自主地吼出了這句話，類頓時僵住了，讓理人立刻回過神來。完蛋了，自己反射性地怒吼出聲了。都是因為羞恥心被刺激到的關係，讓他的大腦陷入了當機狀態。

『咦，我剛剛把話說出口了嗎……？』

果不其然，類露出了困惑的表情。理人的腦袋一片混亂，嘴巴一張一闔的，絞盡腦汁思考該怎麼蒙混過去。

「你、你應該……是這麼想的吧……？」他痛苦地低聲說道。

類眨了眨眼睛，似乎稍微接受了這個理由。

『嚇了我一跳，還以為老哥聽到我的心聲了呢。不，怎麼可能呢。』

類恢復若無其事的平靜表情，細心地清洗理人的性器和陰囊。為了強迫自己不要產生反應，加上擔憂自己能聽見弟弟心聲的能力會曝光，理人的身體僵硬得宛如石頭一般。由於他一直沉默不語，類便用手掌來回摩娑他用毛巾遮住的部分。

『屁股真小……明明是男人，為什麼會這麼柔軟呢？啊——我都興奮起來了。要小心不能被老哥發現我勃起了，幸好剛剛換了一件寬鬆的T恤。』

屁股被揉捏的時候，理人聽到了類可惡至極的心聲，淚水瞬間湧上眼眶。不知道為什麼，理人有一種想哭出來的衝動，真希望這個洗澡時間趕緊結束。

『這麼摸也沒有反應嗎……』

好似失望的低喃傳入理人耳中，類的手終於離開了他的身體，他鬆了一口氣，肩膀也放鬆地垂下。類用小木桶舀起熱水，把理人身上的泡沫沖掉。

「好，洗好了。你泡完澡後再叫我。」

類用冷淡的語氣說完後，讓理人支撐著自己的肩膀，讓他泡進熱水裡。之後類便徑直走出了浴室。疲憊感一股腦地湧上心頭，理人把身體靠到了浴缸上。

——啊——啊……緊張死了……被別人觸摸身體好可怕啊！

一想到自己的身體全都被類撫摸過了，理人的臉就紅得好像快要燒了起來。而且，或許是因為終於放下了心中的大石，理人回想起剛剛身體被別人洗過一遍的感受，性器竟然稍稍勃起了。

——真的假的啊……不過，那小子在的時候，我沒勃起真是太好了……

手臂垂在浴缸外，理人暫時讓自己靜下心來。幸運的是，再多背了一下質數後，亢奮的情緒就平靜下來了。

——剛剛我是不是應該多吐槽幾句呢？因為可以聽到類的心聲，讓我反而不太懂正常應該要有什麼反應。不管怎麼看，他幫我洗澡的方式都很色情吧……？正常人不會用手掌去幫一個自己沒好感的人洗身體吧……？

就在理人悶悶不樂地沉思的時候，他感覺自己有點腦充血了，便踩著搖搖晃晃的步伐離開浴缸。進入更衣間後，他用不方便行動的雙手，用毛巾擦拭過身體、套上內褲。只是一件內褲就讓理人累得要命，剩下的衣服他決定拜託類幫忙穿上，於是開口呼喚對方。

「我幫你拿了沒有釦子的睡衣過來。」

類一臉若無其事地回到更衣間，幫理人穿上睡衣。理人一邊在心中想著，明天他絕對要想辦法自己洗澡穿衣，一邊向類道謝。

過了五天後，燙傷的水泡和紅腫大幅消退，理人的日常生活也隨之輕鬆了起來。

星期五放學後，理人前往自己打工的牛排館。雖然已經決定辭職了，但他還有部分薪水沒有領，還要去把自己放在牛排館的東西拿回家，同時歸還清洗完畢的制服。類說，如果讓理人自己去可能又會被店長留住，於是也跟著一起來了。

穿過鬧區，牛排館的招牌一映入眼簾，理人的臉色霎時刷白，停在了原地。

「老哥？」穿著學校制服的類納悶地回過頭。理人也搞不懂自己為什麼會停下來，連忙想再次邁動腳步，然而，身體與內心都沉甸甸的，令他寸步難行。他不太想前去牛排館——

「老哥，你該不會是產生心理陰影了吧？」

類馬上察覺到理人的異常，於是牽起他的手，把人拉到小巷子裡。理人煞白著一張臉，抬起頭來看向類，對自己的內心所想感到困惑不解。

「心理陰影……？」

「雖然表面上看起來沒事，但你當時和持刀的男人交手過吧？會害怕案發現場也是正常的。」

說完，類緊抱住了理人的身體。剛開始理人還有些不知所措，後來就漸漸放下心防，也摟住了類的胸膛。被人緊緊抱住後，原本沉重不堪的身體就變得輕盈了。

「原來如此，原來我是在害怕嗎？真是沒面子。」理人重重地嘆了口氣，把頭埋在類的懷裡。

『我絕對會保護哥哥的。』

類的心聲突然響起，理人的胸口頓時暖了起來。他就是喜歡類這一點。對他而言，類既是他的弟弟，也是可以依靠的家人。

「我代替你去牛排館吧？反正也不是非你自己去不可吧？」

類靠在理人耳邊尋問，理人瞬間動搖了下，想就這麼同意弟弟的意見。可是，如果在這種時候逃避，他覺得自己未來一輩子都去不了那家店了。

「不，我覺得……有你陪我就沒問題。」

「是嗎……好吧，有我在，絕對沒問題的。我不會讓哥哥有危險的。」

類撫了撫理人的背，低聲說道。他對外人雖然冷漠，對哥哥卻十分溫柔體貼。

「嗯，謝謝，幸好有你陪我來。如果只有我一個人來就糟糕了。」

理人苦笑著拉開自己與類的距離。類的視線遺憾地晃動著，手卻環住理人的肩膀，往牛排館的方向走去。多虧了類，理人雖然心情沉鬱，最後還是順利地踏入了牛排館。

「喔，是理人啊。你的帥哥弟弟也一起來啦。」

一進入內場，前來上班的由紀立刻開口向他打招呼。類偶爾會為了要探理人的班而來牛排館用餐，所以由紀已經記住了他的臉孔，其他員工也聚集過來慰勞理人。據說，後來警察因為要進行現場蒐證等原因，牛排館不得不暫停營業了一陣子。

「對了，警方好像抓到鬧事的男人了喔。」

由紀告訴理人，理人的表情霎時亮了起來。

「真的嗎！太好了……」

理人之所以害怕，就是因為擔憂那個男人可能會再次闖到牛排館來鬧事。既然人已經被抓到了，那他就放心了。他高興地回頭看向類，類一邊說著太好了呢，一邊對他露出笑容。

「小此木同學，謝謝你過來店裡。」似乎是因為內場人聲鼎沸，店長聽見，便從裡頭走了出來，把尚未支付的薪水交給了理人。

「還有這個，是那位女性被害者要給小此木同學的。」

店長拿出裝在紙袋裡的名店禮盒，對方大概是想由此表達歉意與謝意吧。

「聽說那個男人是她的前男友。女方提出分手後，那個男人就變成跟蹤狂，到目前為止惹出了很多事端。那個男人說他並不是想殺死那位女客人，只是打算恐嚇一番後，把人帶走。」

從店長口中得知鬧事男人與有澤的關係後，理人露出難過的表情。有澤小姐那時候一邊吃著牛排一邊大哭，肯定是遇到了很多傷心事吧。跟蹤狂被逮捕後，她也就能稍微安心一點了。

「『真的非常感謝小此木同學，你是我的英雄』，她這麼說了。」

店長說完，露出了笑容，其他員工也拍拍理人的背為他歡呼。理人心想，如果自己真的是英雄，就不會為要踏入牛排館而感到害怕了。不過被大家表揚，還是讓理人覺得很開心，於是他笑了起來。

店長告訴大家理人今天就要辭職後，大家都開口向他道別。主廚神色認真地拜託理人說，等考上大學後一定要再來牛排館打工。由紀則是依依不捨地擁抱理人，像對待小孩子般把他的頭髮揉得一團亂。向照顧過自己的人道完謝後，理人和類一起離開了牛排館。放在置物櫃裡的私人物品並不多，一個紙袋就能全部裝完，現在是由類幫忙提著紙袋的。

『那個大學生年紀的女的，也抱老哥抱太久了。那個主廚也是，竟然敢亂摸老哥，還摸個不停。』

理人與職場同事親暱接觸的畫面，似乎讓類頗為不爽。回家路上，他滿腦子都是對那群同事的抱怨，讓理人不知該如何是好。類的獨占欲很強，對理人身邊的人們沒有絲毫寬容之心。在理人的傷口還未痊癒時，只要他上下學的路上，或是需要用到手的事情要麻煩類以外的人幫忙，類就會很不高興。

『唉——老哥的手痊癒了，好無聊啊。』

類一邊隨著電車搖晃，一邊暗想，讓理人不由自主地「噗哧」一聲，笑了出來。他遇到很多擔心他傷勢的人，卻是第一次遇到這麼不希望他痊癒的人。

聽到笑聲，類用困惑的眼神注視著理人。

「啊，抱歉，我想起一些事，就不小心笑出來了……」

理人慌忙地掩飾，然後靠到類的肩膀上。

『我還以為哥哥能聽到我的心聲呢。』類透過電車搖晃的窗戶看著外面。

『話說回來，有時候老哥的舉動就好像能聽見我的心聲一樣……縱使我們是雙胞胎，也不可能有那種特殊能力吧。』

類的聲音讓理人心底一驚，他的視線不禁落到了地板上，類居然開始產生這方面的疑惑了。大概是因為理人有時會不小心說溜嘴，類才會注意到這件事的。

『假如老哥真的有什麼特異功能，我這些想法也通通都會被他聽到吧，而且我喜歡老哥的事也應該早就會被他發現了。不過，這不可能發生吧……』

類自問自答的聲音，讓理人緊張不已。

萬一被類知道自己能聽到他的心聲，會發生什麼事？目前類還並不打算向理人吐露自己的愛意，但如果他知道自己隱藏的心思已經被理人知曉，一定會非常生氣吧，可能會因此厭惡起理人也說不定。理人做了各式各樣的預測，但無論哪種下場都是十分慘烈，家人間的感情也會出現裂痕，所以他一點都不希望被類發現。

「——對了，類，明天我會請假，因為要去做檢查。」

他開口朝暗自苦惱沉思的類說道。類的身體忽然僵硬了起來，並露出不安的眼神。

「上了高中以後，我一直都超級健康的，其實不繼續做檢查，應該也沒關係了吧——」

理人故意用開朗的神情說道，並用力站穩腳步，對抗電車的搖晃。類伸手環住他的背，幫忙固定住理人的身體。不久之後，車門開啟，理人和類下車走到月臺上。

一提到醫院和檢查，類就會變得十分陰沉。縱然沒說出口，但他應該是很擔心理人的。為了讓類露出笑容，理人又說了一些無聊的玩笑話。

為了做檢查，明天他必須前往東京都內的大學附設醫院。

理人假裝自己很有精神，心底卻陷入了憂鬱之中。

3 崩壞

理人在大學附設醫院裡進行抽血以及磁振造影（MRI）檢查，檢查流程耗費了半天的時間。當他穿著檢查服坐在走廊沙發上時，有個眼熟的女生走了過來。那是一個髮長及背的少女，她的個子很矮，給人一種纖瘦又脆弱的印象。她跟理人一樣身著檢查服，手裡拿著病歷表。

「理人，好久不見。」

注意到理人的存在後，露出不熟練的僵硬笑容的這個女生，名叫和家佐真矢。她是比理人小一歲的十七歲女高中生。

「真矢妳也來啦。做檢查很麻煩對吧？妳最近一次發病是什麼時候？」

理人小聲地問坐到自己身邊的真矢。

真矢和理人一樣，罹患了名叫黑夢症的疾病——世人都是用這個名字來稱呼它的，這是一種每十萬人只會有一人罹患的現代少見疾病。發病後，患者會陷入沉眠，睡眠時間因人而異，從一星期到好幾年的都有。在患者熟睡的期間，無論旁人做什麼，患者都不會醒來。

理人還是小學生的時候，發病了三次。升上國中後，發病過一次。黑夢症的特徵是只要發病過，未來就會不斷反覆發生。以理人這個年齡來說，他的發病次數比別人多，因此他的成長速度和類也產生了差距。十八歲的他外表體形看起來像個國中生一般，也是因為這個緣故。同樣的，真矢的外表也是不符合這個年齡的稚氣。

黑夢症患者陷入沉眠時，呼吸和心跳都會變得十分緩慢，患者之中，也有因長時間睡眠而慢慢衰弱而死的人存在。這個疾病的產生原因迄今不明，也沒有對症療法（Symptomatic treatment）。由於罹患了這個疾病，理人不得不每三個月做一次檢查，即使升上高中之後，他一直都沒有發病過。

「最後一次發病是國中三年級的時候吧？真希望我已經痊癒了。我真的不想再被獨留在原地了，我和朋友們都沒有話題可以聊了。」真矢用厭煩的口氣說完後，伸了個懶腰。

理人也是在升上國三那年的春天醒來後，就不曾再發病過了。

「我的身高也是沒怎麼再長高了——過了三年好不容易才長到現在這個高度。可是看到同是雙胞胎的類，就又可以知道我原本是能長到那麼高的，真的讓人不甘心。不過，我還是想相信自己以後也能長到那個程度。」理人帶著笑容說道。

在患有相同疾病的真矢面前，他可以把那些無法對別人說出口的話都說出來。從某個意義上來說，真矢就如同他的戰友。

「理人你太天真了。大家好像都覺得我們沉睡的時間，並不列入人生流逝的時間裡，但其實根本不是那麼一回事。我們這輩子差不多就只能成長到這個地步而已，像我這種各方面都發育不良的情況最悲慘了。胸部小成這樣，我只能去死一死了。」

「真的假的？不，我才不信，我一定可以長得更高的。而且妳雖然是飛機場，但臉蛋很可愛不是嗎？」

「你說誰是飛機場？我才沒有把自己形容到那個程度！」

理人的腦袋被真矢拍了一下，他笑著護住了頭。

罹患這個疾病的痛苦就宛如浦島太郎，每次從沉眠中醒來，就必須被迫面對不知不覺間改變了的生活環境。不但課業跟不上，朋友也一個個離去。不僅如此，發病期間患者會停止成長，身體逐漸虛弱。如果只沉睡一星期左右，患者可以迅速恢復健康，但如果患者住院一個月、甚至一年，想回歸原本的生活就非常困難了。

因為這個疾病，理人為類造成了很多麻煩。如果沒有類陪著他，他的學校生活肯定會過得更加淒慘的。

「和家佐小姐，請進。」

診療室的門開啟，真矢的名字被叫到了。兩人互相揮了下手道別後，理人獨自留在了原地。

從記錄了檢查結果的病歷表來看，每項數值都很正常。目前還不知道血液檢查的結果，不過大概也不會有問題。

類之所以會對理人表露出異常的執著，正是因為這個病。類一直很擔憂，怕某天理人會不會突然間就失去意識了。理人暗忖，應該就是這分心情扭曲之後，才轉變成類似於對異性的愛情。理人與類擁有相同的遺傳基因，但神祕的是，這個疾病只出現在自己身上，類並沒有發病。幸好他們兄弟沒有淪落到兩人都得病的慘境。

其實除了長久睡眠後帶來的虛弱以外，這個疾病不會產生任何身體上的痛苦。患者醒過來時，也會感覺自己只是睡了很長的一覺，因此也有人把黑夢病稱為十分帶有科幻感的冷凍睡眠症。

理人在國一時，曾因為這個疾病，有長達一年的時間醒不過來，那是他最長的一次沉眠。醒來後類已經以驚人的速度長大，宛如變了一個人。為了不讓這種情況再次發生，理人對於日常生活非常小心，盡量讓自己過得很健康，但由於這個疾病的發作原因迄今不明，所以他也不知道自己這個維持健康的舉動是否有幫助。

「小此木先生，請進。」隔壁診療室的門開啟，護理師呼喚著理人的名字。

理人從椅子上起身，踩著醫院的拖鞋走進診療室。穿著白袍的醫生坐在電腦螢幕前，旁邊站著一位中年護理師。配戴著寫了佐久間三個字的名牌的醫生，在檢查了病歷表上的數值後，又檢查了理人的淋巴腺、心跳、瞳孔。佐久間是從理人小時候開始就為他看診的醫生，是一個戴著銀框眼鏡、身高頗高卻駝背的男人。

「理人現在是考生？你想考哪間學校呢？」佐久間一邊看診，一邊興致勃勃地詢問。

理人說出大學校名後，醫生便笑著說他真厲害。今天理人打算趁來做檢查的時候，順便把他自己想考的大學申請書遞交出去。

「嗯，一切正常。下次半年後再來就行了。」佐久間用爽朗的口氣說道。

聞言，理人露出笑容。「真的嗎！」

每次來大學附設醫院做檢查，總是讓理人覺得憂鬱。如果能延長檢查間隔，他會很高興。

「對了，我會在學會上發表關於這個疾病的論文，日後說不定能製造出相關的治療藥物。」佐久間闔上病歷表後說道。

這簡直是天大的喜訊！理人臉上的表情亮了起來。雖然佐久間有說不會馬上就出現治療藥物，但這個消息還是為彷彿陷入停滯的日常生活帶來了希望。

診察結束後，理人離開了大學附設醫院。

醫院附近有一座很大的神社，理人一時興起，決定前往參拜。

——買個護身符給類吧。

於是他買了兩個祈願考試順利的護身符，臉上露出一抹微笑。

或許是心理作用的緣故，理人覺得這個世界好明亮。他一邊在心底期望能早日擺脫這個疾病，一邊踏上了歸途。

當天晚上，理人做了一個被蛇纏住的夢。據說夢見白蛇是一種祥兆，可惜理人夢到的是蟒蛇。他在睡夢中似乎一直低聲呻吟，他感覺到有人不時拍了拍他的背，這幫助他掙脫了惡夢。

類說著「天亮了，該起床了」的聲音傳入理人耳中，總是很難在早晨瞬間清醒的理人，用含糊不清的聲音說「我知道了」。可能是因為那個蛇的夢境，他怎樣都清醒不過來，眼睛也睜不開。在他不知不覺又要睡過去的時候，類的聲音響起了。

『這個護身符是哥哥買給我的嗎？』

昨天睡覺前，理人把買給類的護身符事先放在了桌上。

「嗯，是啊……在神社……買的。」理人把自己從頭到腳用毛毯包住，用充滿睡意的嗓音回答。

『咦？怎麼回事？』類的聲音中充滿了震驚。

理人仍然處於半夢半醒的狀態，意識不清地思考這句「怎麼回事」是什麼意思。

「什麼怎麼回事，就是祈願考試順利……」

當理人用充滿睡意的腦袋思考，並做出回答的瞬間，氣氛明顯凍結了。這時，他反應過來了，剛剛自己在半夢半醒間和類對話——

「類？」理人一下子從睡夢中清醒了過來，睜開眼睛轉頭看向類。類站在床鋪旁邊，臉上的表情僵住了。他低頭俯視理人，眼中寫滿了不敢置信。

「剛剛，我沒說過半句話。」

類握著護身符，表情僵硬地說道。理人的臉色「唰」地變白，並撐起了上半身。他在睡昏頭的狀態下，和大腦聽到的心聲對話了。

「是、是嗎？我覺得自己好像聽到了說話聲。」

理人手足無措地掩飾，卻沒有打消類的錯愕。類微微後退了一些，眼睛依舊凝視著理人。他早已換上了學校制服，之所以來到臥室，大概是為了叫醒理人。

「你聽得到我的心聲嗎？我在想什麼，你都知道嗎？」類震驚地逼問他。

理人覺得必須要把這件事蒙混過去，便絞盡腦汁地思考。可惜他想不出什麼高明的藉口，只能臉色蒼白地抱著枕頭。「呃，不，我也不知道原因……這應該只是湊巧吧？」

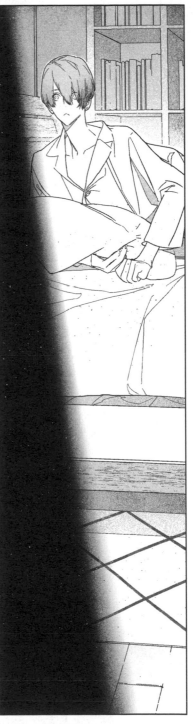

類錯愕的模樣讓理人一陣顫慄，聲音也跟著發起抖來。

『老哥早就知道我喜歡他了嗎？』

兩人視線對上的瞬間，一股猛烈的情緒朝理人湧來，理人不禁渾身一抖，身體僵硬得如石頭一般。類似乎從中領悟到了什麼，臉色頓時漲紅。

「這……怎麼可能……」類像是喘不過氣來般地轉過身體，踩著紊亂的步伐離開了。

理人手忙腳亂地從床上跳起來，臉色慘白地衝到走廊上。類早已走下樓梯，正在對母親怒吼著，理人覺得自己必須追上去，卻在下樓梯的前一刻腿軟，無法動彈，最後只能走回臥室。他就這樣在樓梯與臥室之間來來回回，苦惱不已。天啊，他的祕密被類發現了！

——這次瞞不過去了嗎？已經補救不回來了嗎？類的直覺很敏銳，應該已經透過剛剛的事確定了。

理人把頭髮抓得亂七八糟，無力地坐在床上。他明明一直想守住祕密，最後卻還是被類知道了。玄關大門開啟的聲音響起，理人知道類出門去了。

類也陷入了驚慌失措的狀態裡，所以才會早一步出門，想盡快與理人拉開距離。

「嗚嗚嗚……哇啊啊啊……」理人絕望地呻吟，然後頹喪地垂下頭。

他就這樣僵了好一會兒，直到聽見樓下傳來母親「吃早餐囉」的聲音後，才抬起頭來。

雖說大清早就發生了這種意想不到的事，但他也不能就這麼在這裡躲著。理人只能無奈地換上制服，走下樓梯。

「你們兩個是怎麼了？類早就去學校了耶？平時你們兩個明明都是一起上學的，今天卻各走各的。」客廳裡的母親一臉納悶地說道。

餐桌上只放著理人的早餐，雖然沒有食欲，理人還是有氣無力地默默把早餐吃下肚。

——類應該會大受打擊吧。

當發現自己絕不能曝光的那分感情，其實早就被理人得知了，類會怎麼做呢？過去想像過無數次的擔憂，於一朝變成了現實，理人沮喪不已。坦白講，他很怕去學校，很怕見到類，此刻他滿腦子都是被類責問、排斥、厭惡的糟糕未來。

——我是不是……應該向他道歉呢？畢竟是我擅自偷窺了他不想被別人知道的心思。

就算兩人是雙胞胎，類應該也不可能會喜歡自己內心的想法都被他知道。話雖如此，可光是想像，理人就覺得胃部抽痛。

「你沒事吧?臉色看起來很不好耶?」

一無所知的母親不斷露出納悶的表情，理人卻只是沉默寡言地準備出門上學。

這天的午休，類並沒有出現在理人身邊。由於過去他們總是一起吃午餐，所以大地對此感到很奇怪。除此之外，他們也完全沒有在走廊上碰到面。放學時，也沒看到類小心翼翼地探出頭來，看向他們的教室。

見不到類，反而讓理人的緊張程度不斷上升，胃也一直抽痛著。本來以為他們應該會在補習班碰到面，但沒想到類連補習班都沒來。

「類今天有模特兒的工作嗎?」下課時，發現難得只有理人一個人，海便詢問了下。

「啊……嗯，應該是……」理人露出曖昧的笑容，嘆了一口氣。

他已經做好會在家裡見到類的覺悟，然而類卻遲遲沒有回家。

父親下班回到家後，到了晚上十點左右，類終於打了電話回來。

「類說他要暫時在朋友家住幾天。」掛斷電話後，母親滿臉困惑地說。

類連家都不回了嗎?理人受到很大的衝擊。理人他們沒有自己專屬的房間，因而家裡也一直沒有可以一個人獨處的空間。理人很清楚這一點，但萬萬沒想到類竟然會不回家。一想到類受到這麼大的打擊，理人就覺得心痛。

「你們兩個發生什麼事了嗎？從早上開始就怪怪的。」

面對母親一臉嚴肅的詢問，理人不知該如何解釋，只能保持沉默。現在既然已經知道類在徹底躲著他了，他便試著思考自己能做什麼補救。可惜完全想不出什麼好方法，只能等待類的憤怒和驚慌失措平息。

——可是，萬一這種情況一直持續下去呢？類遭受到的打擊會有撫平的那一天嗎？

理人無比後悔，早知事情會演變成這樣，當初就不買護身符回來了。只有他一個人睡的床鋪空蕩蕩的，有一種莫名孤寂的感覺。房間內很安靜，增添了一種孤獨感。在無窮無盡的後悔折磨下，理人等著類的歸來。

之後的三天，類都沒有回家。

理人想向類好好解釋一番，便試著用手機連絡他，但類似乎完全不看訊息。他還在語音信箱裡留下了道歉的留言，但類都沒有回電。

「類那孩子，現在好像住在年紀比他還大的女友家裡耶？」

吃晚餐時，母親用一種震驚的語氣說出這件事。據說類接了母親打過去的電話，並說出自己人在哪裡。對方是已經出社會的女性，所以類大概是在和他有肉體關係的、名叫 Miko 的女生家裡吧。母親好像認為 Miko 是類的女朋友，所以表現出的立場是一邊覺得為難，一邊又覺得類有乖乖去上學就行了。至於父親這邊則是笑著說：「真是青春啊。」。

見不到類的日子仍然持續著，理人每一天的情緒都很低落。

他從沒想過類會躲他躲得如此徹底，一考量到類內心的感受，就讓他覺得憂鬱。或許類已經變得厭惡他了，畢竟就連他自身也不希望自己的心聲被別人知曉。可是，理人也不是自願去傾聽別人內心的聲音的，所以希望類能多少聽他解釋一下。

抱持著這樣的想法，到了午休時間，理人下定決心前往類所在的班級，然而類似乎早就離開了教室。理人前往走廊、中庭、餐廳和合作社找了一圈，但完全沒找到人。類好像一直有來上學，但這是理人第一次這麼久都沒見到類一面，不安的感受讓他心情很低落。

——以前我一直以為是類在依賴我，但其實是我一直在依賴著類吧。

理人深切感受到了這一點，開始悶悶不樂。他沒想到，僅僅只是平日陪在身邊的人離開了，就會讓人有如此空虛的感覺。他想感受類的體溫，覺得寂寞得不得了。

放學後，理人留在教室裡，坐在自己的座位上。他呆呆地收拾東西準備回去時，大地拍了拍他的肩膀，邀請他一起回家。

「理人，你們兄弟倆吵架了嗎？」見類徹底消失無蹤，大地從中察覺到了什麼。

「嗯……」聽到理人垂著頭、用沮喪的語調回應後，大地的視線轉向走廊。

「啊，是類。」在大地聲音的牽動下，理人抬起頭來，目光也轉移到走廊上。

他看到了抱著包包走在走廊上的類，心跳驟然加快。類驀的把頭轉向這邊，注意到理人的存在後，立刻露出了厭惡的表情。光是這樣小小的舉動，就讓理人的心如灌了鉛般往下沉，淚意湧上心頭。類快步離開走廊，讓人連追都來不及。

「看來是鬧脾氣鬧得很凶呢？類平常那麼黏你，現在居然會躲著你。」

類冷漠的態度也讓大地小心翼翼了起來。理人失去了從椅子上站起身的力氣，把臉埋進了包包裡。他現在走出去的話，可能會在車站碰到類。他不想讓類變得更討厭他，決定錯開搭車時間。抱持著這樣的想法，理人吐出鬱悶的嘆息。

「話說回來，你的燙傷痕跡全都消失了耶。」

為了顧及朋友的心情，大地轉換了話題。理人望著自己的手，苦笑了下。

「是啊……」看著曾經被燙傷過的手，類處處照顧他的記憶浮上理人的腦海。

或許類是不想再看到他，也不會原諒他了。理人越是思考，想像到的結果就變得越糟糕，讓他整個人失魂落魄的。

至少，他想和類談一談。他雖然能聽到對方的心聲，但必須待在類附近才能聽得到。從那天早上開始，他與類就一直離得遠遠的，因此他完全聽不見類心底在想什麼。

「打起精神來吧。」

不清楚前因後果的大地開口安慰理人，理人悄然說了聲謝謝，抱著沉重的心情起身。

之後過了四天，類仍舊沒有絲毫要回家的跡象，而時序也進入了十一月。因為類一直請假沒去補習班，所以海與大地也認真地擔憂了起來。

「你們兩個到底發生了什麼事啊？沒有類在，回家的路上實在是很恐怖耶。」大地在補習班到車站的歸途上東張西望地說著。

這條通往車站的熱鬧街道上，偶爾會出現一群看起來凶神惡煞的人，大地應該是在擔心這件事。大地和理人平時都與暴力無緣，身為女生的海說不定身手還會比他們更矯健。

「就是說啊。你們兩個到底怎麼了？類還記得自己是考生嗎？」

海也覺得沒有類，好像少了點什麼。他們喋喋不休地追問兄弟倆吵架的原因，但理人覺得箇中原因相當難以啟齒。何況，就算他誠實說了，對方大概也不會相信。海和大地雖然也是雙胞胎，卻沒有像理人一樣，有心電感應之類的能力。

「你們不用擔心，類只是窩在女朋友家罷了。」為了逃避他們兩人的逼問，理人站在電子遊樂場前面若無其事地說道。海霎時僵住，露出大受打擊的表情。察覺到她的反應，理人的心臟漏跳了一拍。

「對不起，海，原來妳喜歡類嗎？」

他從海的反應中，發現了對方那分不為人知的暗戀情愫。

「才不是！我只是有點驚訝而已！」海用強硬的口氣否認道，然後把臉轉向一邊。

大地露出遺憾的表情，戳了戳理人的手臂。個性彆扭又好強的海不承認自己喜歡類，讓理人陷入深刻的自我反省之中。他都已經這麼沮喪了，結果還害海也受到傷害，早知道就不該說的。他發現自己的所作所為全都適得其反。

「原來類那傢伙有女朋友呀。哼——竟然窩在女友家裡，真是不要臉。」海用帶刺的語氣說著，雙腳也快速往前邁進。相反的，大地卻說著「真讓人羨慕死了。是傳說中的那個女朋友嗎？類真是成熟」，一邊沉浸在幻想裡。

理人感覺到自己變得僵硬得不得了，接著在車站與他們道別後，便回家去了。

打開玄關大門，理人先確認有沒有類的鞋子。得知今天類又沒有回來，他感到十分失望。

「歡迎回家，理人。我們這個星期要出門去旅行，你呢？」

理人走進客廳後，母親從烤箱裡拿出熱騰騰的耐熱器皿，用開朗的語氣對他說道。今晚的晚餐菜單是薩瓦焗烤馬鈴薯，這道料理是在馬鈴薯裡加入培根和洋蔥，再撒上大量的起司做成的，理人和類都很喜歡。此時桌上也有放著章魚沙拉和蘑菇濃湯。

「我是考生，沒辦法去呀……你們要去哪裡旅行？」理人沒打算跟去，不過還是問了父母的旅行地點。

起司的香氣在屋子裡擴散開來。

「要回媽咪的老家喔。」

理人臭著臉回答說自己要留在家裡，身為考生，是不可能在這種時期跑去法國的。聽說父親可以請到有薪年假，母親似乎很興奮，他們看起來完全不煩惱類完全不回家這件事。

「如果類不回來，理人就得一個人在家對吧？要不要麻煩夕實過來一趟呢？」走進廚房的母親開口問道。

理人滿心厭煩地坐到沙發上。「我已經高三了，一個人在家也不要緊，有什麼事我會打電話的。」

夕實是父親的妹妹，從事翻譯的工作，是理人兄弟的姑姑。她偶爾會來家裡玩，然後把父親珍藏的酒喝個精光後才回家，是個很開朗活潑的人。理人並不討厭她，但也不想讓對方擔任身為高中生的他的保姆。

「我還是先跟類說一聲好了。如果知道理人要獨自看家，類應該也會回來吧？」母親拿著法國麵包與刀子，從廚房走了出來，並把麵包放到桌上、切成小塊。理人沒有回答母親的問題，只是取了一些沙拉放到盤子裡。父親到家的時機剛剛好，他一邊稱讚桌上的料理看起來很美味，一邊親吻了母親。

「類今天也沒回來嗎？」一家人圍在餐桌前享用晚餐的同時，父親吃驚地問道。父親和母親都覺得類不回家的原因跟理人有關，事實上也的確如此。於是理人趁父母開口逼問前，連忙把晚餐大口塞進肚子裡。

「我吃飽了。」理人把飯後的煎茶喝到剩下半杯，便慌慌張張地走出客廳，而他的父母則高高興興地接續地聊著旅行的話題。

回到房間，換好衣服後，理人打開參考書，開始奮發用功。隔壁的桌子空蕩蕩的，遇到不會寫的習題也沒有人可以問。以往和類在一起時，他都會戴上耳機，如今房內如此安靜，他也沒必要再戴了。

——不能再這樣下去了，我得想想辦法。

理人察覺到自己無法專心，便用力抓了抓頭髮。冷不防的，放在桌上的手機響了起來，理人瞬間如嚇到一般挺直了腰桿。

來電顯示上寫著類的名字，緊張感湧上心頭，理人的手心冒汗，不過他還是接起了這通電話。類終於願意和他說話了嗎？他絕對不能說出會惹怒對方的話。

各式各樣的念頭充斥理人的腦海，心跳也隨之加速。

「是類嗎？」理人戰戰兢兢地開口，電話另一頭的人似乎也有些躊躇。

『……哥哥，希望你能老實回答我。』

許久未聞的類的聲音傳入耳中，理人頓時渾身冒汗。類的聲音有些尖銳，聽起來並沒有要想與他和好的意思，於是理人下定決心，告訴自己接下來說話一定要謹慎。

「嗯……」

『你能聽到我的心聲嗎？現在也能聽到？』

這句話讓理人明白了類選擇打電話來的原因。站在類的角度來思考，他是想確認哥哥是否能透過電話來聽到他的心聲。到了這個地步，理人也不可能做出反問他「什麼心聲」這類裝傻的反應，於是決定老實回答。

「你不在我面前，我就聽不到。你身在隔壁房間的時候，我也聽不到。」

『是嗎……那其他人的心聲，哥哥也能聽到嗎？』

類的語氣裡透露出一絲鬆了口氣的感覺。看來他果然是討厭自己的心聲被別人知曉。

「我只聽得到你的……類，我也不是自願聽到的，擅自去聽你的心聲，對不起。你想要我對你道歉多少次都行，快點回來吧。如果你不想待在我附近，我會拜託爸媽把房間分開的。」唯獨這件事，理人覺得必須向類解釋清楚，於是說得滔滔不絕。

類沉默了一會兒後，在手機的另一邊嘆了口氣。

『——老哥也一直都知道，我想和你上床嗎？』類低聲說著，聲音中流露出一絲怒意。

理人覺得胸口像是被緊緊勒住般地疼痛，讓他喘不過氣來。

「……對不起。」理人無話可說，只能難堪地回答道。

『要道歉的是我吧？用這麼噁心的眼光看待老哥，真是對不起喔。我大概是頭腦壞掉了吧？你不但是我的親哥哥，我們還是雙胞胎。你是不是其實很看不起我？甚至連碰都不想被我碰到吧？』

類用一種漫不經心的口吻說道，理人連忙打斷他說「才沒那回事」。

「不要說這種話，我怎麼可能討厭你呢！我也知道你一直都很痛苦，所以不要說那種自我貶低的話……」理人的胸口傳來陣陣抽痛，眼眶也跟著紅了起來。

光是想到類陷入了如此嚴重的自我厭惡之中，理人就感到很痛苦，畢竟是自己擅自偷窺了弟弟不為人知的祕密，做錯事的是他自己。

『……喂，老哥，你能不能和我做一次？』

伴隨著類沙啞的聲音，一句意想不到的話劈進了理人的腦海裡。

『做過以後，我就會退回原本的兄弟關係。我會回家去，也會在父母面前表現得很正常。』

理人完全想像不到類會提出這種提議，他竟然希望他們可以上一次床。他們明明是親兄弟，對方提出這種提議是認真的嗎？理人感到滿心的困惑。他是男生，類也是男生欸？可是，如果答應了，類就願意回家的話——

——但是，要我和類做愛？我絕對無法接受。

理人的腦筋一團亂，身體也不停地發抖。不然讓類給自己一些時間思考好了，畢竟是這種提議，他真的沒辦法立刻給出答案。

『不行嗎？哥哥，現在馬上回答我。』

聽到類語帶逼迫地這麼說，不知為何，理人感覺到淚水溢出了眼眶，便抹了抹自己眼睛。

「我……答應。」在這種情況下，理人怎樣都無法拒絕。等回過神來時，他已經說出了這句話。話說出口的那瞬間，他察覺到自己做出了非常荒唐的承諾，內心感到十分懊悔，可惜為時已晚。

『好，再見。』類音調冷淡地掛斷了電話。

理人原本還期待類會給出與眾不同的回應，得到這樣的結果，讓他不由得懷疑起類是不是真的有聽到他的回答。他用力握住掛斷的手機，趴到了桌子上。

類是認真的嗎？他是真的想跟他做愛嗎？縱使只有一次，一旦做過了，他們就再也回不去原本的關係了。

可是，再這樣僵持下去，類就會一直不回家。爸媽會因此傷心，就連他也會因為類不在身邊而感到寂寞。沒錯，他感到非常孤獨。明明以前那麼想和類拉開距離，可是等真正分開後，他卻寂寞得不得了。

如果拒絕了這個機會，理人覺得這一輩子就會這麼和類漸行漸遠。與其變成那樣，還不如忍耐一下，讓類抱一次。

——怎麼辦？該怎麼辦？如果類真的想做，我要怎麼辦？

理人已經無心繼續讀書，抱著頭發出呻吟。他的心跳如鼓，大腦完全無法思考，只能把頭一直貼在桌面上。

4 半身

通完電話的第二天和第三天，類仍然沒有回家。

剛開始理人還很焦慮，但隨著日子流逝，他開始認為可能是自己聽錯了類所說的話，又或者這整件事只是類開的一個惡劣玩笑。類先前應該只和女性上過床，前天雖然說了那些話，但他或許是感到後悔了也說不定。況且，理人也不知道男生之間要如何進行性行為。就他所聽過的類心聲來看，似乎是使用後穴，但男性的性器應該是不可能有辦法進入那樣又緊又小的地方的。以現實層面來看，他覺得這不可能實現。理人認為，所謂的做愛，應該頂多是讓彼此的性器互相摩擦慰藉。

星期五早上，父母做好了外出旅行的準備，把這段期間的三餐錢交給了理人。母親帶上她心儀的大衣後，對理人說萬一發生了什麼事，就連絡他們。

理人心想，類今天或許會回家，於是他在放學後待在教室裡等待類的出現。可是，他還是沒見到類。為了慎重起見，理人還去了類的班級一趟，結果只遇到一個戴著眼鏡的男生說「你找類的話，他已經走囉」。

理人沮喪地和大地前往補習班，學習數學算式與公式，把可能會考的部分抄寫在筆記本上。類一直沒來上補習班，不知道他有沒有好好備考，成績有沒有退步。

和大地在車站道別後，理人感到十分寂寞地獨自回家去了。沒有半個人在的屋子裡一片漆黑，讓人心情莫名變得陰鬱。雖然理人嘴裡說著自己已經是高中生了，獨自在家也沒關係，但沒有半個人在的家裡實在太過安靜，令人心裡發慌。他打開冰箱，把裝著母親手作料理的密封盒拿出來，當作晚餐吃掉了。他看了一會兒電視，可心情還是沒有變好。念完今天的進度後，他洗了澡、換上睡衣，鑽進了被窩裡。

——就在理人的意識開始變得模糊的時候，大門門鎖被打開的聲音傳入了耳中。

他嚇了一跳，從床上坐起來，把棉被推到旁邊。

樓下發出的聲響，令理人忐忑不安地下了床，心想該不會是類回來了吧？

接著，他聽到有人走上樓梯的聲音，在熟悉的腳步聲吸引下，理人打開了房門。

類的身影映入他的眼簾，對方似乎被突然打開的房門嚇了一跳。

「類……」看到類終於回家，理人不自覺地露出笑容，但又瞬間緊張了起來。

類之所以回來，該不會是打算履行那個約定吧？今晚他們父母也確實不在家。

「我回來了。」

類把視線從理人身上移開，然後將身上揹著的大包包扔到房間角落。他穿著的毛衣品牌是理人沒見過的，還戴著耳環。類是什麼時候去打耳洞的呢？雖然類很適合戴耳環，但令他感到陌生的一面不斷增加，讓理人感到很不甘。

「哥哥，你會讓我做的吧？」

理人原本想開誠布公地和類好好聊聊，類卻冷不防地用溫柔的語氣這樣說道，讓理人的心臟漏跳了一拍。類朝理人走了過去，理人下意識地往後退。

「這個、呃……」理人害怕和類對上視線，聲音裡充滿驚慌失措。他不斷向後退，當他感覺到膝蓋後側撞到東西時，類推了一下他的胸膛，讓他整個人翻了過來，摔到床鋪上。

「你希望我回家不是嗎？做完之後，我就會回來陪你玩扮演普通家人的家家酒遊戲的。」

類傾身覆在理人的身體上，開口這麼說道。他的聲調雖然溫柔，但其中又透露出一絲鬧彆扭的氛圍。如果在這個時候拒絕，類鐵定會離開家裡。做出這樣的判斷後，理人默默抬頭看向類，類卻突然笑了起來，並把自己的嘴貼到理人的唇上。

「……嗚。」嘴唇突然被舔舐，理人嚇了一大跳，縮起了身體。類的手指擠進理人的唇角，想要將它撬開。

「張開嘴巴，讓我們來個色情的吻吧。」類用亢奮尖銳的嗓音輕聲地說。

理人怯生生地張開嘴巴，類的舌頭探入口腔內，舔舐理人的舌頭和牙齒。他們以往雖然會做晚安吻，但這樣的深吻還是第一次。理人頭腦混亂地喘著氣，自己的舌尖被類的舌頭纏住，一種全然陌生的顫慄感驟然湧上。彼此的唾液混合在一起，呼吸相聞，發出嘖嘖水聲。

「呼……呼……」

類按住理人的後頸，貪婪地吻了過來。理人從來沒經歷過如此激烈的吻，眼中便滲出了淚水。類的亢奮情緒透過兩人相貼的肌膚傳了過來，理人的嘴唇被啃噬，又被不停吸吮。類的手掌隔著睡衣玩弄理人的身體，而後將手指移動到了下腹部。

「你知道嗎，哥哥……我想這樣吻你，想了很久了。」盡興地把理人的唇瓣來回舔舐過一遍後，類把嘴唇貼到理人的耳垂上，低聲說道。理人覺得自己的心臟快要從喉嚨裡跳出來了，他急促地喘著氣，身體被類的腰壓住，感受到對方變得硬挺的下身。

——類……是真的打算要做愛……

理人不斷打著冷顫，在類的身下發著抖。

「真厲害，光是接吻就讓我硬得不行了。」

類的語氣中帶著一種置身事外的感覺，然後將理人睡衣的鈕釦一顆顆地解了開來。理人雖然沒有抵抗，心底卻很害怕，不知道接下來會發生什麼事，只能用泛著淚光的雙眼直直看向類。臥室裡只有微弱的燈光，讓他看不清類的表情。理人想知道，類是抱著什麼樣的心情壓在自己身上的。或許是因為太亢奮，類用一種難以言喻的聲音呼喚著理人的名字。

「類……我……」睡衣前襟被整個拉開，理人膽怯地開口。他的睡衣底下什麼都沒有穿，胸膛便直接裸露在類的面前。

「老哥要是臨時反悔，我可就傷腦筋了，所以我要把你的衣服全都脫掉。」類迅速拉下理人的褲子，底褲差一點也被扯掉了。理人覺得被類看到下體很羞恥，便做出了小小的反抗，但還是被強硬地剝掉了底褲。

「我曾經幻想過這樣的場面無數次……但現實和幻想果然還是完全不同。」類抬眼看向用手遮住自己下體的理人，語帶戲謔地說。

「被我這樣看著，讓你感到很害羞嗎？」類瞇起眼睛說道，理人頓時滿臉通紅，扭動身體擋住下身。躺在床單上的理人蜷起身體之時，類不知從什麼地方取出一個瓶子，並把瓶身顛倒過來。

「噫……」感覺到有液體滴在了臀部附近，讓理人發出奇怪的聲音。類用手掌把那些液體抹到理人的股縫裡。

「什麼東西……？不、不要。」

類的手沿著臀部縫隙不停滑動，讓理人不知所措地開口道。液體的質地黏滑，類時不時會把濡溼的手指插入後穴裡，每次進入時，理人的腰部都會隨之一顫，心中也產生不安。

「你不是要和我做愛嗎？做的時候會用到這裡喔。」

類緊貼著理人，揉捏著他的屁股，並把中指埋入後穴裡。理人頓時驚慌失措，面露膽怯地回過頭。

「怎麼了？這不就是我常常幻想的事情嗎？」見理人如此害怕，類皺著眉頭開口。

理人根本不知道類做過這種幻想。他曾聽類說過想把自己的性器插入他的屁股內，但並不知道具體是要怎麼做。

「……啊啊，原來如此，是我誤會了。原來哥哥並不是能看到我的幻想呀？你只能聽到我的心聲，對吧。」理人的反應似乎讓類察覺到了什麼，「噗」地笑了出來。

「太好了，哥哥。如果你能看見我幻想中的東西，大概就不會乖乖讓我這麼做了。」

類把臉埋在理人的脖頸處，手指埋進對方的體內深處。外物摩擦內壁的觸感令理人感到十分不適，不禁開始扭動身體。後頸被人用力吸吮，讓他的腰部一抖。類動起濡溼的手指擴張內裡。

「類……不要……」

類咬住理人的耳垂，同時挪動插在體內的手指，使理人發出了沙啞的聲音。手指不停抽插，接著又強硬地擠入第二根手指。

「好痛……類……」即使理人的聲音聽起來楚楚可憐，類也沒有停下在他體內插弄的手指。理人的後頸不斷被吸吮，耳垂也被輕輕啃咬。類的呼吸一直都很急促，讓理人害怕得不得了。他們兄弟明明從出生起就一直在一起了，他卻覺得此刻的弟弟簡直判若兩人。

壓在他身上的身體很沉重，類的體型頗為高大，輕輕鬆鬆地就能壓制住他。

「哥哥稍微忍耐一下，我會找出你的敏感點的。」

類把舌頭伸入理人的耳朵內，理人不禁冒出渾身的雞皮疙瘩，身體也縮了起來。從剛剛開始耳朵就一直被舔舐，變得又溼又黏的。正當理人這麼想的時候，插在體內的手指擦刮過了某個凸起點。

「噫……」忽然間，一股酥麻的熱意竄過身體，讓理人腰臀一顫。

「啊啊，原來在這裡啊。這裡很舒服吧？」

類微微動起探入理人體內的手指，執著地摩擦著同一個點，理人的腰也隨之一震一震地顫動。甬道內一被類的手指摩擦，就會有一股熱意傳遍理人全身，他的大腿開始顫抖，呼吸也紊亂了起來。

「不、要……那是什麼感覺？類，不要……」從未經歷過的感受，讓理人心生退意，但類空著的手圈住了他的腰，制住他的身體。

「男人靠這裡也可以產生快感喲？你知道嗎？看來你不知道呢，哥哥。」

凸起點被手指不停按壓，理人也逐漸感受到一種清晰的快感，呼吸不受控制地急促了起來，臉頰也逐漸染上紅暈。他發現自己的性器已經在不知不覺中勃起了，心底慌亂不已。類說要和他做愛時，理人還以為自己不會產生任何反應。

「騙人……不要、用那種地方……噫……啊……」

理人把手伸到身後，想制止類手上的動作，結果只是促使體內的手指變本加厲地肆虐而已。每次那個點一被玩弄，嘴巴就會吐出奇怪的聲音，讓他討厭得不得了。

「哥哥勃起了對吧？覺得後穴那邊很舒服對不對……」類的語氣充滿揶揄，並把理人的耳垂含進嘴裡舔弄。

才沒有，才沒有！理人反駁得越來越激動，胸膛也拚命上下起伏。類在理人的臀部處補上更多液體，讓後穴深處變得更加溼滑。

「你看，這裡慢慢變柔軟了，我要放入第三根手指囉。」

類壓住理人的腰，強硬插入新的手指，這讓理人覺得十分痛苦，不斷「不要、不要」地拒絕道。當類開始抽插手指時，房內響起了色情的濡溼水聲。

理人的眼睛落下生理性的淚水，希望弟弟可以停手。

「類，放過我……不要弄那裡……啊……啊、啊。」

他抱著一絲期待，心想自己如果哭著求類，類說不定會放過他。然而，類卻反而朝著他的耳朵吐出亢奮的呼吸。

「哥哥忍耐一下，我不想讓你痛，所以我會幫你把這裡好好擴張一下的。」

類讓手指在理人的體內撐開，並用迫不得已的語氣回答。

在接受類的要求時，理人雖然知道男人與男生做愛是用後穴，卻從不認為現實中真的能辦到。但被類這麼用手玩弄那個讓人難以想像的部位後，那裡說不定真的可以承受男人性器的念頭，湧上了理人的腦海。類的那根會進入那裡嗎？理人無法置信。他會像個女人一樣被類進入嗎？

「騙人……不要……啊……不要再玩弄我的屁股了……」

理人哭著扭動身軀。類的身上依然衣冠楚楚，理人卻幾乎全裸地在床上扭動。

「嘴裡說討厭，老哥下面卻還是勃起了不是嗎？都流出前列腺液了。」

類一邊律動著插在裡面的手指，一邊笑。驚訝地抬眼看過去，發現理人的性器頂端已經溢出了黏稠的透明液體。理人不知道自己的身體竟然如此興奮，腦袋亂成了一團。他覺得喘不過氣來，身體好熱，嘴裡會冒出高亢的尖叫聲，有時腰部還會不受克制地顫抖。即便如此，他還是無法相信自己從中獲得了快感，只能用手摀住臉。

「才、不是……不要……呼……啊……」

理人的聲音中帶著泣音，肩膀隨著扭動而搖晃。後穴的愛撫宛如永無止境般綿長，但不久之後，類拔出了手指。異物感消失後，理人還來不及鬆了口氣，就聽到皮帶被解開的聲音。

「哥哥，我要進去了。」類用亢奮不已的聲音低喃，然後將趴在床上的理人的腰部抱起。理人還來不及說等一下，類硬挺的性器前端便抵上了方才還被執著地撫弄的後穴。

「類，類……你是認真的？」理人很害怕，用顫抖的聲音詢問。

類大大地呼出一口氣，沒有做出任何回應，直接挺腰往前。

「噫、啊、啊啊……」

類的性器頂入了擴張後依然很狹窄的後穴裡。性器又熱又硬，讓理人完全發不出聲音來。光是想到自己被弟弟侵犯了，他的大腦就一片空白，膝蓋顫抖個不停。

「好緊……哥哥裡面好熱……啊啊，我們真的在做愛了。」

一邊緩緩地將性器往內插，類一邊發出痛苦的呻吟。可能因為內壁溼滑，原本以為不可能進得去的性器一口氣頂入一半。異物感讓理人反覆喘息，身體也冒出大量汗液。

「噫……呼……呼噫……不要……」

類的性器比想像中更大更長，理人只能大口喘氣。他想逃跑，但腰被類制住，導致他動彈不得。張開的雙腳搖搖欲墜、使不出力，他只能用頭磨蹭床單。

「啊——咬得好緊……好舒服……」

頂入一半後類便停下了動作，把勉勉強強掛在理人身上的上半身睡衣扯掉，手掌在理人的背上滑動。理人覺得痛苦得受不了，類卻覺得很舒服。一思及此，理人的大腦便被一股莫名其妙的情緒所支配，淚水模糊了視野。

「在你適應之前我不會動……哥哥覺得很痛苦嗎？你的都軟了……」

為了讓不斷拚命地吸氣吐氣的理人安心，類於是開口這麼說。方才還勃起的性器已經因為插入的痛苦而軟了下去，類的大掌安撫般地滑向理人的背部與側腹，然後，那隻手繞到前方，捏住了理人的乳頭。理人以為那種部位即使被碰到也不會有感覺，沒想到類用指尖來回摩擦後，它竟然變硬變挺了。

——類說只要做一次。我只要忍耐一次……

理人覺得很痛苦，眼淚停不下來，但還是抱著這個想法忍耐了下來。剛開始他因為壓迫感和異物感而難以呼吸，不過因為類一直靜止不動，痛苦便逐漸緩和。

『哥哥……我在侵犯哥哥。雖然過去我一直在幻想這件事，卻從沒想過可以在現實中做到。』

類的心聲傳入耳中，理人擦去眼角的淚水。痛苦減輕後，原本勒緊類的性器的甬道也降低了排斥力道。

「我要慢慢地動了。」敏銳地察覺到理人的身體狀態後，類一邊撫摸理人的背，一邊低聲說道。接著，類的腰小幅度地動起來，那種衝擊讓理人倒抽了一口氣。

「噫，不要，啊、啊、啊……」

每當硬挺的性器在體內移動時，就會有一股未曾體驗過的快感襲上理人的神經。後穴裡有個又熱又麻的凸起點，類的性器一戳到那裡，理人就會發出高亢的呻吟。他的臉頰泛紅，呼吸再次急促了起來。恍惚間他感覺到，原來這才是做愛，並不是被插入就結束了。

「好厲害，哥哥裡面好舒服……我完全忍不住，快射了。」

類吐出紊亂的呼吸，律動起腰部，頂入甬道的動作逐漸激烈起來，理人害怕地抱著枕頭。類沉浸在快感裡的嗓音鑽入耳朵，動搖了理人的情緒。他的後穴正吞著弟弟的性器，這種悖德感令他頭暈目眩。

「哥哥也一起射出來吧。」類擺動著腰，把手伸到理人身前。性器被類的手套弄後，瞬間恢復了硬度。

「不要，我不要，不要了……啊、啊啊。」

性器被套弄，驟然帶來一種極度舒服的快感，讓理人發出充滿情欲的呻吟。握在類手中的性器翹起一個弧度，頂端小孔被撥弄後，立刻溢出液體。前面覺得舒服了以後，後穴被貫穿的行為竟奇妙地讓理人也開始感到舒服。

「不要，不……啊……呼……呼……」

性器被類的手激烈摩擦，令理人發出意亂情迷的聲音，腰部不受控制地跟著抖動。舒服的感覺讓他產生射精的欲望。

「哥哥，你要射了嗎？我也到極限了。」類喘息著說道。

性器被類粗暴地套弄，理人的腰部微微顫抖，快感就這樣攀上頂點。他在類的掌中射出精液，甬道也緊咬住類插在裡面的性器。

「嗚，呃……呼……呼……不行，我要射了。」

類發出痛苦的呻吟，激烈擺動腰部，下一刻，他插在理人體內的性器膨脹變大，射出了濃稠熾熱的液體。理人有種快窒息的感覺，彷彿剛剛全力奔跑過一般，拚命喘著氣。類也同樣吐出野獸般的喘息，腰部微微顫抖著。

「呼——呼——呼……我的身體都麻了。這還是我第一次在別人體內射精。」

類喘著氣，整個人壓在理人身上。凌亂的呼吸讓理人說不出話來，身體猛然癱倒在床上，射出的精液也沾到了床單。自己真的和類越過了那條界線，理人受到了莫大的衝擊。

『唉——哥哥真可憐。他怎麼這麼笨，真以為我只要做過一次就會乖乖死心嗎？』

類嘲笑的聲音猝不及防地傳入耳中，理人震驚地回過頭。兩人視線相交，類露出諷刺的笑容吮他的嘴唇。

「我一直努力不去思考，結果還是讓哥哥聽到了嗎？對不起喲，哥哥，我並沒有放手的打算。」類抽出性器，帶著熾熱的眼神開口說道。

「可、可是你……說我只要和你做一次，就會回歸兄弟的立場……」

理人不想相信這個事實，膽怯地開口。類讓他的身體變成仰躺姿勢，然後抱起他的雙腳。理人的腰被強行抬高，再次變硬的性器頂進了還開著小口的後穴。

「噫……騙人，不要，為什麼……」

再度被硬挺的異物貫穿，理人弓起了身體。也許因為類在裡面射精過的緣故，性

器比第一次插入時更順暢地挺進了甬道內。

「呼——好熱。」類脫下身上的毛衣，然後把襯衫丟到地上。

「哥哥應該知道，我對你有多麼執著吧？你覺得只要做一次愛，我就能消除那分感情嗎？我可是滿腦子都在想，要怎麼把哥哥據為己有呢。原來我不在你面前的話，你真的就聽不到我的心聲了，真可憐。」

類拉開理人的腳，再次擺動腰部。類每動一下，就會發出淫靡的水聲，理人眼眶泛淚、不停搖頭。

「不知道在爸媽他們回來前，我們能做多少次呢？我得把哥哥的身體改造成專屬於我的才行。」

類露出一抹極為燦爛的笑容後，彎下腰貪婪地啃咬理人的嘴唇。理人反抗不了這股猛烈的感情，就這麼被拖入了一片黑暗裡。

類整個晚上一直不停占有理人，讓人不禁懷疑他的身體裡怎麼會有如此龐大的熱情。

接近黎明的時候，理人累到了極點昏睡了過去。後來不知道過了幾個小時，理人被刺痛的感覺以及身體搖晃的動作喚回意識。

「什……噫，啊……」

意識清醒後，他發現後穴被類的碩大性器所貫穿，床單凌亂不堪，窗簾一直闔著，陽光從縫隙中鑽了進來。

「啊……哥哥醒了嗎？你似乎累壞了呢。現在都已經中午了。」

類從理人身後抱住他並開口這麼說，理人的腰猛然一抖。理人昏睡過去後，類好像依舊不斷侵犯著他的身體。他們都是全裸著的，身上布滿汗水，身軀緊貼在一起。類含舔理人的耳垂，輕輕律動腰部。

「啊……啊……啊……」

每次甬道被搗入，嘴巴都會吐出甜膩到令人難以置信的呻吟，讓理人驚恐不已。昨晚兩人初次交合時，明明痛苦的感覺壓過一切，但現在後穴卻完全習慣了類的形狀，並令他感受到舒服的快感。

「吶，哥哥後面開始有快感了吧？因為裡面一直在抽搐。而且，現在我已經可以插入很深的地方了，你可以靠裡面高潮了嗎？」

類用放在理人身前的手，撫摸對方勃起的性器。或許是睡眠中也感受到快感，理人的性器已經溼透了，並翹起一個弧度。

「騙人……我不要，類……你還要做嗎……？」

類的體型很高大，被他抱在懷裡，理人覺得自己宛如孩童一般。類吐出熾熱的氣息，吸吮理人的後頸。

「再一會兒應該就能射了，讓我聽一下你好聽的呻吟。」

類一邊這麼說一邊抬腰頂弄，抽插的聲響讓理人的臉頰紅成一片。甬道裡累積了一些精液，在類的動作下發出濡溼的水聲。類大口喘息，他讓理人臉朝下趴伏著，然後身體疊在對方身上擺動著腰部。

「噫……嗚……」類的性器插進身體深處，理人的身體用力一抖。

「類，好、好可怕……不要弄那裡……」

類的性器進到了難以想像的深度。理人想往前逃跑，聲音也發著抖，但類不許他逃跑，壓住了他的背部。

「用後入式體位做的話，可以進到超級深的地方……因為我一直插在裡面，所以哥哥的身體已經被撐開到這麼深了……哈，真舒服……」類一邊逐漸加快抽插速度，一邊舒服地喘著氣。每當甬道被龜頭撐開，理人的身體都會在無意識中一抖一抖地發顫。

「我不要，不要，啊啊、啊啊啊……」

大腦被酥麻感所支配，理人發出了高亢的呻吟，熱度在身體深處逐漸累積。明明不想射，嘴巴卻吐出奇怪的聲音。

「噫，啊啊，啊啊啊……類，好可怕……我好像要尿出來了。」

理人的腰在顫抖，喉嚨發出帶著悲鳴的呻吟，大腦發麻，淚水溢出眼眶。明明不希望類動，內壁這一刻卻吸住了類的性器。

「哥哥覺得很舒服吧。尿出來也沒關係，不用忍耐。後面也開始產生快感了對吧？你的裡面在抽搐。」類用陶醉的聲音說著，性器用力往深處頂去。理人發出不成聲的呻吟，雙頰通紅地搖著頭。

連自慰時都不曾有過的快感襲向理人，嘴巴自然呻吟出聲，腦海有白光在閃，溢出的淚珠停不下來。腰部以下完全酥軟無力，類一頂進來，甬道就會緊緊吸住他。

「不要……啊……啊……」

當理人帶著淚水發出喘息後，類便興奮地加快腰部律動。類抬起上半身，激烈地頂弄理人的後穴。

「不要了，不要、啊——類、類……不要啊啊啊……」

理人邊哭邊扭動掙扎，類就用更加興奮硬挺的性器貫穿他的身體。快感的波濤越來越密集，等回過神來時理人已經弓起身體，達到了高潮。

「噫啊啊啊……啊——啊……」

沉淪在從未體驗過的強烈快感裡，理人幾乎要喘不過氣般，發出甜膩的叫聲。明明沒有射精，身體卻舒服得不可思議，全身一抽一抽地顫抖著，腦袋在一瞬間化為空白。甬道緊緊咬住插在體內的類的性器，理人整個人都陷入了恍惚的境界裡。他知道類在自己體內射了精，肺部拚命地汲取氧氣。

「好厲害……哥哥乾性高潮了……我的身體都麻了。」

類大口喘著氣，彎下腰親吻理人的後頸和耳垂，就連這些細微的小動作，也讓理人像離了水的魚般抽動。類抽出溼滑的性器，讓理人的身體變成仰躺的姿勢。

「哥哥，感覺舒服嗎？你怎麼哭成這樣？糟糕，我又興奮起來了。」

看著理人充滿淚水的臉龐，類用雙手捧住他的臉頰，貪婪地吻上去，將臉頰上的淚水一一舔走。理人還沒調整好呼吸，彷彿厭惡類的親吻般將臉轉向一旁。

「我不要了……我想……洗澡……」

他不想再體驗更多未知的快感了，於是帶著泣音開口。從白天就開始沉溺在性愛裡的話，天知道會有什麼樣的下場。

「哈哈，確實有很重的味道呢。哥哥要洗澡嗎？我也肚子餓了。」

類來回撫摸著理人的身體，笑了笑。房間裡充斥著兩人精液的味道，理人想清洗骯髒的身體，便點點頭，見狀，類便停下了吻個不停的舉動。

「啊，媽媽傳 Line 來了。」從床上起身後，類注意到枕邊的手機訊息並開口說道。

理人內心一驚，身體因緊張而繃緊。不知為何，類把手機貼到耳朵邊。

「啊，媽咪？是我。不用擔心，我已經回家了。」

類不知什麼時候打了電話給母親，然後一邊拉開窗簾，一邊露出帶著諷刺的笑容。理人下意識地縮起身體，抬頭看向站在窗邊的類。母親的聲音從手機裡微微傳了過來，聽得出母子二人正愉快地對話中。

「那我把電話拿給老哥。」這麼說完後，類拿著手機走向理人。

明明幾分鐘前還在性愛中不停喘息，現在卻與母親通著電話，理人不懂弟弟這個行為的意義，整個人僵住了。母親的聲音從手機裡傳出，理人不得已只好接過來。

「……喂？」

『啊，理人！類肯回家真是太好了，你們有好好相處嗎？』

母親不含任何惡意的聲音從耳朵傳遍全身，理人表情僵硬，光是回答一聲「嗯……」，就使出了他所有的精力。

『那就好。雖然我不清楚你們為了什麼而吵架，不過看你們有好好相處，我就放心了。我們玩得很開心，奶奶說她很想見見孫子們，等你們上了大學後，她希望我們全家可以一起來玩。』

母親用開朗的聲音，講述她在自己出生之地的種種事情。面對心情愉快的母親，理人實在無法把自己與類產生的悖德關係說出口。就在他支吾其詞的時候，母親在電話另一端快速地說「奶奶說想和你說說話」。

『我的天使們，你們好嗎？』一陣嘈雜的聲音後，就聽到奶奶那令人懷念的法語傳入耳中。奶奶是比他們母親更加浪漫的人，每次見面，都會用天使稱呼理人和類。

「奶奶，我很好……嗯，我也很想妳……」

在奶奶之後，電話輪到了爺爺手中，爺爺也說「等你們上了大學後就過來玩」。

「嗯……嗯，我知道了。那我把電話還給類……」理人硬擠出笑容來，把手機交還給類，並用譴責的目光抬頭看著他。類一臉若無其事地與爺爺奶奶聊天，然後以充斥著誘惑的雙眼瞥了理人一眼。

「——你怎麼沒告訴媽咪呢？說你被我侵犯了。」

掛斷電話後，類勾起唇角。

「哥哥大可以說出來呀。說出來的話，他們兩人應該都會趕回來吧。如果我說我侵犯了哥哥，他們會怎麼做呢？爸爸個性很嚴厲，可能會和我斷絕父子關係吧？為什麼哥哥不說呢？你是想繼續玩扮家家酒嗎？好啊，我就在他們兩人面前扮演你乖巧的弟弟。」

類把手機關機，用不屑的語氣說道。這種充滿惡意的說法，傷害了理人的心靈。他並不想害類痛苦，也不打算讓類戴上兄友弟恭的面具。

「類……你覺得自己喜歡我的想法只是一種錯覺……」

理人筋疲力盡地癱在床上，低聲說著。類的太陽穴抽動了下。

「是因為我生病了……所以你才會有這種奇怪的想法吧？」

理人用細弱的聲音說道，類在床邊坐了下來。

「也許吧。我是在叫不醒哥哥之後，才產生執著的。」

類用空洞的聲調說著，理人垂下了眼睛，心想果然沒錯。

「我們從出生之後就一直在一起，對吧？不管做什麼我們都會一起，同時學習到各種知識。一直在我身邊跑跑跳跳的哥哥突然停在了原地，你能明白我那時的心情嗎？」

類面對著牆壁，自言自語般地開口。理人感到很愧疚，咬住了嘴唇。

「看著哥哥動也不動的身體，你能明白我那時的心情嗎？我很恐懼，很不安，害怕哥哥從此再也醒不過來該怎麼辦。」

類的視線緩慢地挪到理人身上。

「你知道嗎？小的時候，如果我想盡辦法都沒辦法叫醒哥哥，就會對哥哥沉睡的身體又打又踢又咬。但不知道從什麼時候開始，那些動作變成了撫摸、親吻。哥哥就像活著的洋娃娃，我既害怕又深受吸引。你說我的想法是一種誤會？那我為什麼會產生這麼劣質的性欲？比起和其他女人做愛，碰觸哥哥會讓我更加興奮，誤會能讓我的身體產生變化嗎？」

氣氛緊繃了起來，彷彿映出了類的內心。聽到弟弟這些不為人知的想法，理人啞口無言。因為可以聽到類的心聲，理人便一直以為自己很清楚類的所知所想，沒想到原來對方還有他所不知道的一面。理人原本以為，只要等類察覺自己的念頭是一種誤會，放下對他的感情，這樣就足夠了。

然而，類執拗到這個地步，想改變他的心意應該是天方夜譚。況且，他們雖然是雙胞胎，但改變別人心意的做法，難道不算是一種傲慢嗎？理人因而領悟，只靠對話是沒用的。

「我也想問哥哥，既然你能聽到我的心聲，為什麼還一直和我睡在同一張床上呢？當初希望我們各自擁有獨立房間時，語氣聽起來也不是十分堅定呢。因此，我才能以確認哥哥有沒有發病做為正當名義，和哥哥睡在同一張床上。你都沒想到會被我侵犯嗎？如果我真的要推倒你，你應該明白自己敵不過我的吧？」

類的手拉扯著理人的乳頭，理人胸膛一抖，把臉轉向一旁。

「……因為我知道你不會強迫我。」

理人垂著頭，艱澀地擠出聲音。類驚訝地轉身，緩緩吐出一口氣。

「是嗎……說的沒錯，雖然我想侵犯哥哥想得受不了，但又因為非常喜歡哥哥，所以不想用暴力讓你服從。我懂你為什麼會這麼做了。」類從床邊起身，苦笑了下。

「洗個澡，吃飯吧。」

身體赤裸的類朝理人伸出手，理人假裝沒看見，想自己離開床鋪。可是，當他下床走了幾步後，膝蓋倏地一軟，整個人無力地癱坐在地。他覺得身體使不上力，並且有黏稠的東西從後穴裡流出。理人滿臉通紅，焦急不已，類小聲地笑了出來。

「唉——老哥的體力真的很差耶……而且我的東西都流出來了。」

類伸手按住理人的肩膀，毫不費力地將跌坐在地的理人的腳拉起來。

「不塞住的話，精液會流出來的。」

類邊說，邊握住性器插入理人的後穴。在地板上被進入，理人驚慌失措地想要逃跑，卻被類圈住背部。

「不會吧，等……等一下！」

身體在交合的狀態下被抬起，理人嚇了一大跳，連聲音都分岔了。類輕輕鬆鬆地抱著理人站起來。在後穴含著對方性器的狀態下，以面對面相擁的姿勢被抱起來，理人一臉不敢置信，嘴巴幾度開開闔闔。

「呼……哥哥好輕，體重跟我先前攝影時用公主抱抱起來的女模特兒沒兩樣。唉，你別掙扎了，我用這個姿勢抱你去浴室。」

類輕輕地嘆了口氣，就這樣抱著理人打開房門。每走一步，類的性器就會往上用力頂入甬道深處，讓理人發出甜膩的呻吟，緊緊抱住類的脖子。

「不要，不要，這樣好可怕……這個姿勢我受不了……」

理人的聲音滿是害怕，類把原本環住他背部的手挪到屁股上後，笑了笑。

「不想掉下去的話，哥哥就要抱緊我。」

類用調侃的語氣說話，然後邁步走到走廊上。理人喘著氣，把腳纏到類的腰上。身體每被晃動，他的口中都會發出甜膩呻吟。明明害怕得不得了，身體深處卻還殘留著餘熱，深處的刺激讓他呼吸紊亂。

「噫啊啊……啊、啊，騙人……」

類抱著理人的身體開始走下樓梯，理人發出了帶著尖叫的呻吟。類慢條斯理地一個階梯一個階梯往下走，性器也一下又一下地往上頂入深處，理人滿臉通紅，不停喘息。他知道兩人連結的地方滲出了黏稠的液體。

「哥哥咬得好緊……呼，好舒服……」類一臉舒爽地說道。

理人把臉埋在類的肩膀上，忍受著體內產生的甜美電流，令人不敢置信的是，他的性器竟然分泌出透明前液。性器被類的腹部摩擦，身體的深處被頂弄，強烈的快感讓理人壓抑不了自己的聲音。

「哈哈，哥哥快高潮了呢。」

走下最後一個階梯時，類看到理人的性器變得溼答答的，便笑了出來。除了吐出熾熱的呼吸，理人什麼都做不了。心底明明很害怕，身體卻偏偏產生出強烈的快感。

接著，類就直接站在樓梯前，激烈地擺動起身體來。

「不要，啊啊……噫啊，啊……」

屁股被肆意揉捏，身體被上下撞擊，理人發出了淫亂不已的叫聲。他怕自己掉下去，便使盡力氣攀在類身上，咕啾、咕啾的色情水聲不斷刺激他的大腦。

「弄出好多白沫。哥哥能在抵達浴室前射出來嗎？」類咬著理人的耳垂低語，並且故意邊挺動腰部邊往前走。當他打開浴室的門時，理人已經用指甲撓著他的背射精了。

「噫……呼……哈……哈……啊……」

身體抽搐著攀上頂點後，理人不停大口喘息。類吐出一口氣，性器從理人身體裡退出來。少了堵住的東西，黏稠的液體從理人的後穴蜂擁溢出。

「噫……呼……呼……」被放到地板磁磚上時，理人的胸膛還在不停上下起伏。高潮過後他全身無力，怎樣也站不起來。類先在浴缸裡注入熱水後，才拿起蓮蓬頭打開熱水。溫熱的水沫朝地板傾瀉而下，理人抬頭看著類依然勃起的性器，類把蓮蓬頭溫度適宜的水淋在理人的背上。

「能跪著嗎？」類沖洗理人全身，並提出要求。理人慢吞吞地移動手腳，用手撐著牆壁擺出跪立姿勢。

「裡面都黏乎乎的了，看來我的味道會暫時殘留在裡面。」

類從理人後穴裡挖出精液，一臉愉悅地說。當他的手指在後穴裡隨意摳刮時，理人的腰部偶爾會隨之擺動。理人其實並不想做出反應，可惜後穴一被碰觸，身體就會自己產生反應。明明直到昨天為止，理人都不知道這個部位竟能產生快感的。

「老哥，之前你燙傷了的那段時期，我幫你洗身體的時候……你是怎麼想的？」

將後穴清理到一定程度後，類把沐浴乳擠到手中，開口詢問理人。就像那時候一樣，他用掌心幫理人清洗身體。理人覺得拒絕也沒用，便默默接受了。

「老哥應該知道，那時候的我超級亢奮的吧？當我像這樣清洗你的屁股時，你心底在想什麼呢？」把沐浴乳的泡泡塗滿理人身體的同時，類提出這個居心不良的問題。

理人不想回答他，把紅通通的臉轉向一邊。類的手很仔細地清洗理人的大腿內側，並用色情的手法揉捏陰囊與股縫。

「哥哥不肯告訴我嗎？真奸詐，明明我的心意都被你看光了。」

見理人沉默不語，類露出苦笑。他用沾了沐浴乳的溼滑手掌四處撫摸，讓理人有點喘不過氣來。當初理人並沒有產生任何快感，但現在類的手一揉捏屁股，理人的腰就開始發熱。

「真想讓哥哥的這裡也能產生快感。」

類不停用手指彈弄理人的乳頭，臉上露出笑容。乳頭受到刺激後，慢慢散發出一股熱意，因為理人沒穿衣服，所以性器再度勃起的事無從遮掩。將理人的身體大略洗過一遍後，類用蓮蓬頭的水沖掉對方身上的泡沫，接著才開始清洗自己。理人重新觀察一遍類的身體，發現類的身材健壯，還擁有恰到好處的肌肉，是一具和自己截然不同的成熟身軀。

「一起泡澡吧。」

類抱起理人，放進已經蓄滿熱水的浴缸裡。理人家的浴缸很大，容納兩個人也沒有問題。熱水裡，類原本想把理人放在兩腿之間擁入懷中，但理人十分抗拒，後來就變成兩人面對面抱膝而坐。

「……接下來你打算怎麼做？」

理人用賭氣的語氣開口。他已經領悟到，自己雖然想以兄長的身分，矯正弟弟錯誤的欲望，但事實上根本是無計可施。

「不用擔心，我已經把以前壓抑的欲望發洩到哥哥身上了，所以不會在爸爸和媽咪面前露出馬腳的。這樣就夠了不是嗎？」類用溼答答的手將頭髮往後撥，開口回答道。

難道沒有其他辦法可選嗎？理人咬住了嘴唇。

「——我知道哥哥對我的感情不是戀人間的愛情。」

冷不防的，類用帶著譴責的口吻吐出這句話，讓理人臉色一僵。

「不過，哥哥愛著我，所以才無法拒絕我，對吧？只要哥哥還有那分感情在，我就不會放開哥哥。」

在類那充滿覺悟的眼神凝視下，理人頓時說不出話。原來，類比他看得更多、想得更遠。類說的沒錯，因為理人愛著類，所以縱使明白這種關係是錯誤的，卻也無法斬釘截鐵地拒絕類。無論是站在家人的立場，或是站在同時降生於世上的雙胞胎的立場。

「可是……未來某一天，或許你會遇到喜歡的人，不是嗎？畢竟你也可以和女生做愛……」理人依舊不死心，想反抗看看，於是痛苦地說道。

「哥哥已經知道 Miko 的事了吧？」

浴缸裡的熱水晃動，類瞇起了眼睛。

「……我只知道名字。」理人垂下頭，不敢與類視線相對。

「是嗎。Miko 她是二十幾歲的大姐姐，我們的關係是俗稱的床伴。每當我忍耐到快爆炸的時候，就會拜託她和我做愛。她也有喜歡的人，只不過跟我一樣不敢把心意說出來，所以覺得很痛苦。我們兩個算是同病相憐吧——但我不會再跟她做了。既然可以和哥哥做，就沒必要找她。」類用一種暢快的口吻果斷說道。

那種關係是可以用這麼輕率的態度去處理的嗎？理人感到不解。他做過愛的對象只有類而已，兩個人在做過那麼深入交流的行為後，真的可以如此輕易地說斷就斷嗎？

「可是……好像連海也喜歡你……」

雖然不知道自己擅自說出口對不對，但理人還是揭露了這個祕密。他抱著淡淡的期待，或許被交情不錯的女孩子表露好感，能讓類改變心意也說不定。

「海？哦——所以呢？」類突然變得滿臉不耐煩，身體也隨之貼了上來。理人還來不及逃跑，腰就被類一把拉過去，嘴唇也被吻住。

「我如果和海湊成一對，老哥就高興了？無聊透頂。我不可能會對其他人產生如此強烈的感情。都已經做到這個地步了，哥哥還在做白日夢，未免太天真了吧。」

類貪戀著理人的嘴唇，口不擇言地說。他把手指插入理人口中，理人難受地抬頭躲避，他便順勢吸吮理人的脖子。

「哥哥還是先看看自己的身體再開口吧，都已經變得這麼敏感了。」

類抓住理人的腰往上抬，然後含住對方露出水面的乳頭。乳頭被用力吸吮，理人的腰抽搐了一下。經類一說，理人這才發現自己的上臂布滿了一點一點的紅色瘀青痕跡。一頭霧水的他打直膝蓋、跪立起身後，類用舌頭彈弄他的乳頭。

「哥哥可以看看後面的鏡子。因為口感很好，所以我在你的脖子和大腿內側留下了很多痕跡。」

被類這樣調侃，理人的臉色霎時發白。原來自己身上有這麼多性愛的痕跡嗎？他記得類確實四處吸吮他的身體，吸到有點欲罷不能的感覺，甚至讓他覺得疼痛。

「如果這些痕跡能在體育課之前褪掉就好了。」類用一副事不關己的口吻說著，讓理人氣憤地瞪向他，結果他輕輕地咬了下理人的乳頭做為回敬。

「嗯……嗚，不要咬那裡。」類用牙齒銜著理人的乳頭向外拉扯，讓理人發出了沙啞的呻吟。他用手捏住另一邊的乳頭，讓理人無意識之中扭動起腰來。

「摸到的時候，哥哥嘴巴上會喊不要的地方，全都是敏感帶耶。」

類一邊舔著乳頭一邊說道，理人臉頰一紅，扭頭不理他。

「我也想射了。」

類直接抱著理人從浴缸裡站起來，用一直勃起的性器抵住理人的身體。

「手扶著牆壁，我會撐住你的。」

後背被壓住，理人按照類的命令，把手撐在被水蒸氣打溼的磁磚牆壁上，類則毫不猶豫地將性器頂端抵住理人的後穴。還很鬆軟的後穴輕鬆地吞進了類的性器，肚子再次被巨物填滿，讓理人發出了斷斷續續的叫聲。

「不行……我站不住……」腰部的律動讓浴缸裡的熱水產生晃動，理人雙腳顫抖地哀訴。類用手撐住他的腰，毫不留情地貫穿他的身體。浴室裡迴盪著肉與肉的拍打聲，讓人頭暈目眩。

「剛剛我就很想射了，應該可以很快就可以射出來。哥哥努力一點，快站起來。」

類把理人的臀瓣左右扳開，性器一路頂進甬道深處。理人弓起身體，手從磁磚壁面上滑落。

類的呼吸變得又粗又重，腰部動得越來越激烈。產生快感的凸起點被龜頭摩擦，甜膩的喘息聲不受控制地從理人口中溢出。他們這種關係會一直持續下去嗎？這種事真的能得到大家的諒解嗎？

『哥哥，我喜歡你，好喜歡你，好想把你弄壞！』

類的心聲傳入耳中，兩人交合的部位瞬間變得熾熱。理人的呼吸變得急促，整個人緊緊攀著磁磚牆壁。他厭惡被類的心聲刺激出快感的自己，後穴被抽插而覺得舒服的反應令他感到羞恥。

「哥哥看起來又快射了。」律動腰部的類察覺到這一點，便伸手握住理人的性器上下套弄，理人瞬間就攀上了頂點。

「啊——要射了……」類呻吟著說道，然後將性器整根抽出。

這股刺激讓理人在類的手中射了精，而類也把精液射到理人的背上。

浴缸裡只剩彼此的喘息在迴盪。類一把抱起筋疲力盡、差點癱倒的理人，用蓮蓬頭的水洗去兩人身上的污垢。理人有些喘不過氣來，類不停親吻他的臉頰、太陽穴與耳垂。

「肚子餓了。我去訂披薩來吃吧？」

類神色自若地詢問他的模樣，讓理人心生恐懼，只能頹喪地垂下頭。

星期六晚上，理人又被類占有了好幾次，因而一路貪睡到星期日中午。

人生首次的性體驗給理人帶來了很大的衝擊，也顛覆了他的人生觀。他的身體經歷了這種超過限度的性愛後，被徹底改變了。已經記住從後穴獲得快感的這副身軀，現在只能任類恣意擺布。

到了星期一，理人覺得自己必須去上學，然而身體卻完全不配合。類製造的吻痕遍布全身，萬一上體育課換衣服時被其他人看到就完蛋了。於是，星期一理人讓類出門上學，自己則請假在家。雖然類很擔心理人可能會趁他不在時逃跑，但理人其實無處可逃。

由於是平日，所以類也無法做出什麼任性的要求。做了兩次愛之後，類才放下不安，抱著理人沉入夢鄉。為了顧及到理人，類不再繼續在他的身體留下痕跡，也不再進行讓他感到筋疲力盡的性行為。只有他們兩人的房子裡滿是濃厚的性欲氣息。因為理人堅決不肯在客廳做愛，所以類也就沒有染指那個地方，不過在臥室裡時，他們都是全裸地緊貼在一起。

然後，到了父母即將返家的星期五早上——

理人從床上起身後，不停地眨著眼睛。他心想，自己必須必須去刷牙洗臉、準備上學，然後轉頭看往窗戶的方向。類拉開了窗簾，不對，是理人聽到了拉開窗簾的聲音，但不知為何，房間裡仍是一片黑暗。

「……今天是雨天嗎？幫我拉一下窗簾啦。」理人朝站在窗邊的類開口這麼說之後，空氣瞬間凍結。類很快衝到他面前，理人只是呆呆地看著類，心裡感到不解。

「老哥，你看不見嗎！」

聽到類驚慌失措的呼喊，理人這才猛然注意到，自己的視野變得很狹小。明明已經睜開了眼睛，周圍卻很陰暗，並且只看得見視野範圍一半的景物。

黑夢症之所以會以黑夢著稱——乃是因為從疾病發作前幾天開始，患者的視野會惡化。患者的雙眼會逐漸無法視物，等陷入完全失明的狀態後，便再也無法從睡夢中清醒過來。而當患者再度甦醒時，雙眼就會恢復正常，因而有人認為這種疾病與患者的周圍視野，或許存在著某種關聯。

「類……」理人臉色發白，一把抱住站在面前的類。類緊緊抱住理人，憤怒大吼。

「為什麼！這是為什麼！哥哥不是已經痊癒了嗎！」

類的怒吼讓理人的眼眶溢出淚水，他死命抱緊了類。恐懼、不安與絕望一口氣湧上心頭，理人張口想說些什麼，眼淚卻撲簌而下，讓他泣不成聲。他的病真的又發作了嗎？前陣子的檢查不是說沒有問題嗎！

「我不要這樣，不要，哥哥，我受夠了！」

類緊緊抱住理人，理人卻無法對他的話做出任何回答。

當理人父母得知情況後匆忙趕回家時，理人的視野已經縮小到只剩三分之一。父親母親都嘆了一口氣，抱住了理人，類則一直抱著頭坐在椅子上，不發一語。

父母想立刻帶理人去醫院，理人卻回答說明天再去就好。

「因為就算去醫院，也沒有藥物可以治療……」

他帶著自嘲意味低聲說道，父母聞言，同時止住聲音，抱住了理人。

「我一定會很快就醒來，大家不要那麼消沉嘛……」看到身旁的人比自己還更痛苦不堪，理人滿心都是愧疚。類更是陷入了深深的絕望，讓陪在他身邊的理人更加沮喪。

自己下次醒來，會是在多久以後呢？倘若可以只沉睡一個月左右就醒來，他應該還能參加大學入學考吧？

明明已經決定要去讀大學了，現在一想到夢想可能破滅，理人就覺得很痛苦。不僅如此，他還會替朋友、同學及老師造成麻煩。

到了晚上，理人不想看著變得昏暗的房間，於是躺到床鋪上，類立刻沉默地靠過來，並排躺在他身邊。類伸出修長的手臂把理人抱進懷裡，兩具身體緊密貼合在一起。

「類……」理人想安慰一下受到打擊的類，於是嘗試著撫摸他的頭髮。類吐出嘆息，把臉埋到理人的脖頸處。

「……都是我害的嗎？」

聽到類痛苦難過的聲音，理人吃了一驚。

「你會發病……是不是我害的？」

類用絕望的語氣低喃，理人加重了環住他整個人的手臂力道。

「不關你的事啦。才不是你害的，本來就不清楚發病原因了。」

理人輕輕拍了拍類的背，不希望弟弟有自責的念頭。雖說有學者認為壓力是黑夢症發病的原因，但理人並不相信這個論點，因為他不認為小時候的自己會累積那麼多壓力，最重要的是，他不希望讓類背負愧疚感。

「我一定很快就會醒來的。對不起，類。」

理人實在不想看到家人們哭喪著臉，便故意用開朗的語氣說話。今晚他不想睡覺，於是一直輕撫著類的背。類雖然沒有開口說話，卻也一直保持清醒。

黎明時，理人陷入半夢半醒之間，在晨光中，父母叫醒了他。那時，他的視野已經縮小到連自力行走都很困難的地步了。

「真討厭，我變得好像小孩子。」被類牽著手往前走，理人特地露出了笑容。

他們搭著父親的車前往醫院，醫生在診察之後宣告理人的黑夢症發作了，並且還說發作速度比上次更快，吩咐理人直接辦理住院。理人頹喪地垂下了肩膀。

「在理人完全陷入沉睡之前，請允許他待在家裡。」

父親懇求醫生通融，於是那一天理人得以先回到家中。

理人雖然心情很沮喪，但假如自己接下來會暫時陷入沉睡，有些準備現在就必須先做。因為他的視野變得狹小，無法寫電子郵件給朋友，便託類幫忙傳話。還有向大地借了還沒歸還的漫畫和CD，必須還給人家才行。他拜託類向他們共同的朋友進行通知與道歉，又向母親撒嬌說今晚想吃壽司。看到平時開朗的母親變得很消沉，理人覺得很難過。

一家人就這麼度過了這一天，隔天中午過後，理人說話說到一半，突然像電力耗盡的玩具般，一動也不動了——

5 五年後的世界

黑夢症發作後，從沉睡中醒過來的患者，都會有種做了一場好夢的感覺，可是絕大多數患者都不會記得夢境內容。但根據醫師的見解來看，患者沉睡時的腦波應趨近於昏睡狀態，照理說是不可能做夢的。

理人在睜開眼睛之前，也感覺自己似乎做了一場非常棒的美夢。雖然不怎麼記得夢境內容了，不過他覺得自己好像和最喜歡的人，一起看見了非常美麗的風景。

撐開沉重的眼皮後，理人在那瞬間就失去了關於夢境的記憶，因為他的意識全被映入眼簾的景物所吸引過去了。

——咦，這裡是哪裡？

大腦還有些迷迷糊糊的理人抬頭看向天花板，又懶洋洋地把頭轉向旁邊。他覺得身體非常沉重，宛如全身都被綑住似的。陌生的天花板，以及沒有見過的房間，讓理人不知所措地瞪大了眼睛。

雖然身體沉重得不能動彈，不過視線往斜下方移動後，可以看到他的雙手上接了許多導管與線材，床鋪旁擺放著心電圖之類的監控生命徵象的儀器，還有點滴不斷注入他的身體，就連鼻子上好像也被裝了東西。

理人想起自己的黑夢症發作了的事實，並將這個房間觀察了一番。這裡與以往的醫院病房的風格有些許不同，以往他住院時大多都會住在四人房，是那種用隔板或布簾區分個人空間的簡樸病房。然而理人清醒後，發現這個房間內只有他一個人，窗邊不但擺放了觀葉植物，壁紙看起來也很時尚，最重要的是，地板上還鋪著看起來很鬆軟的地毯。

他被安排到個人病房了嗎？理人思考著，使出力氣想移動身體，可是身體還是很沉重。

以往他甦醒時，那時自己虛弱不已的身體已經讓他感到很沮喪了，這次卻比先前任何一次都要來得嚴重。無論是手還是腳，他通通抬不起來，而且還看見自己的手臂瘦得像皮包骨一般。自己究竟沉睡了多久？理人心生恐懼。

突然間，房門被人打開，一個身穿藍色短袖針織衫、搭配黑色褲子的中年女性走了進來。中年女性的視線和理人一交會，她手上拿著的病歷表立刻掉到了地上。

「天啊！天啊！你終於醒來了！理人先生！」中年女性說完後，立刻衝到了病床邊。

理人沒有見過這個人，她身上的穿著看起來應該是私人服裝，不過身分好像是護理師。中年女性連忙檢查理人的瞳孔，並透過監控儀器觀察過他的生命徵象後，臉上綻放出笑容。

「太好了！今天真是個美好的日子，我立刻去連絡小此木先生！」

中年女性帶著壓抑不住的興奮之情，拿起牆邊的電話。理人心想，她說要連絡小此木先生，應該是要通知爸爸或是類吧。周圍皆是陌生的景物，走進病房的也是個陌生人，讓理人感到很焦慮，但如果有家人會過來，那他就放心了。

「對方說會立刻趕過來。」掛上話筒後，中年女性露出開朗的笑容。

理人一開口，說了句「請問……」，就被自己的聲音嚇到了。因為他的聲音沙啞到讓人幾乎聽不清楚他說了什麼。他想發出聲音，喉嚨卻無法施力，只能發出氣音。

「你現在全身的肌肉都很衰弱，所以請不要勉強自己。我是護理師新田，我們是第一次見面對吧！是理人先生的家人聘僱我來照顧你的。」

自稱新田的中年女性臉上掛著溫柔的微笑，一邊檢查理人的身體。她的體格很結實，看起來是位老練的護理師。

「我……」理人原本想強行用沙啞的聲音開口說話，這時房門卻被人粗魯地打開，讓他瞪大了眼睛。

從門外走進來的人是類，他身上穿著白色的亞麻襯衫與黑色緊身褲，頂著一頭柔順光滑的秀髮。見到類的那瞬間，理人便直觀地感受到，自己沉睡的時間似乎出乎意料得久。因為現在的類比他們最後一次見面時成熟了不少，不但體格變得壯碩，原有的稚氣也徹底褪去。

「老哥！老哥！」類衝到病床邊，落下了大滴大滴的眼淚。他用顫抖的手輕觸理人的臉頰，直接跪倒在地上。

「幸好我一直相信你絕對會醒過來，感謝老天爺！」類用顫抖的聲音哭著開口。看到類哭泣，理人也跟著哭了出來，並試圖伸出手。可惜手上的導管不僅很礙事，更是重得讓他整隻手都抬不起來。

「老哥，你已經睡了五年了。」類擦著眼淚說道。

這段漫長得過火的沉睡時光，讓理人備感衝擊。從前他也發病過幾次，但是是第一次沉睡這麼久，難怪自己的手會瘦成這副德性，身體也無法動彈。一個人沉睡五年一直沒甦醒的話，就這樣直接死去也不奇怪，真虧他能活到現在！理人對自己的生命力感到佩服。

「這樣啊……我……睡了這麼久啊……」理人垂頭喪氣地說。

話說回來，從護理師連絡類，到類抵達病房，這中間的速度未免快得太詭異了些，難道類他人原本就在附近嗎？

「這裡……是哪裡？」理人用虛弱的聲音詢問。在他嘗試開口說話的過程中，聲帶逐漸可以發出一點點聲音了。應該是太長一段時間沒有使用它，才會導致功能衰弱的。

「這裡不是醫院。一年前，我就以居家照護的名義把老哥接回家了。之後我會把老哥醒來的消息通知醫生，醫生肯定也會很高興的。」類不斷撫摸理人的頭髮，滿臉喜悅地笑著。

讓他度過這麼一段痛苦的時光，理人感到很愧疚。話說回來，理人萬萬沒想到類居然會申請居家照護。

「這裡是……我們家？」理人覺得不太對勁，便直直地看著類。

他們家並沒有這樣一個房間，而且，透過打開的窗戶看出去的景色也是完全陌生的。這裡不但可以看見高樓大廈，離天空也很近，似乎位於一個很高的地方。

「是啊……我有很多事情想告訴哥哥。我們家已經沒了，為了進行道路拓寬，三年前政府就要求我們搬走了。為了哥哥，當時我其實很想把那棟房子留下來的……這裡是四谷的一棟大樓，現在我們就住在這裡。這一整層樓我全都包下來了，目前當作公司兼住家來使用。」

類陸陸續續吐出的消息讓理人難以消化，心底也不知所措了起來。原先住的家已經消失的消息讓他大受打擊，除此之外，類所提到的工作的事情，更是讓他感到震驚。

「哥哥……我們已經二十三歲了。」看著理人呆住的表情，類瞇起了眼睛。

二十三歲——這個事實重新被提起，使理人一時間說不出話來。明明不久前他還在煩惱考大學的事，卻在轉眼間年歲增長，變成了大人。今年二十三歲，也就意味著類已經大學畢業、進入社會開始工作了吧。

「我在大學期間進行創業，現在已經擁有自己的辦公室了，模特兒的工作也一直持續在做。現在我成立了自己的品牌，以販售商品。」

類帶著害羞的表情說明自己的工作，理人聞言目瞪口呆。

「好厲害……」

類對模特兒的工作原本就不是很熱衷，能持續做到現在，讓理人感到很驚訝。不僅如此，類還成立了自己的品牌，更是讓理人滿心敬佩。類該不會已經是人家所說的大老闆了吧？所以才有能力租下一整層大樓。

「老哥也姑且算是高中畢業了，因為你幾乎沒請過假，所以出席天數還能低空飛過及格線。」類伸手撥弄理人的頭髮。

理人仔細一瞧，發現自己的頭髮變得很長，現在他的髮型不會變成了和他不搭調的長髮造型了吧？

「總之，哥哥快點恢復健康吧，讓我早點安下心來啦。」類牽起理人的手，落下一吻。理人也點點頭，覺得自己確實要加油。話說回來——

「爸爸和媽咪呢……？」

既然已經見到類了，不知父母親人現在在哪裡呢？理人抱著這個簡單的疑問看著類，結果類的臉色瞬間刷白，並咬住了嘴唇。發生什麼事了？理人感到不安。

「……怎麼了？」見類一直沉默不語，理人於是小心翼翼地詢問。

整個房間鴉雀無聲，讓理人的心跳越來越急促。這時候，理人發現——他聽不見類的心聲了。

「我……聽不到心聲了。」理人不知所措地眨了眨眼睛，讓類一臉驚訝地彎腰向前，向理人靠近。

「哥哥聽不到我的心聲了嗎？」類嘗試將額頭貼向理人。

他的神情看起來好像正在思考著什麼，但理人什麼聲音都沒聽到。讓他曾經一心祈禱、希望它趕緊消失的那股能力不見了。雖然不清楚原因，但理人還是點了點頭。

「這樣啊……」類欲言又止地轉開視線。

理人察覺到，他們的父母可能發生了什麼事。類或許是覺得把真相告訴才剛剛清醒過來的他，未免太過殘酷，才因此沉默不語。

「告訴我吧，類。」理人想知道真相，於是開口催促對方。

類煩惱了一會兒後，嘆息著開口。

「爸媽在兩年前因為車禍過世了。」

得知這個讓人錯愕的消息，理人在不知不覺間，流下了大滴大滴的淚水。在他沉睡的期間，爸爸和媽咪都過世了嗎？他沒能趕上為父母送終，讓父母帶著對他的牽掛離開人世了嗎？

「他們兩人出去旅行時，與逆向行駛的車輛正面撞上。對不起，老哥，我應該等你恢復精神後再告訴你的。」類幫傷心流淚的理人擦了擦臉頰，難過地垂下眼睛。

「沒事，對不起。類，對不起，讓你一個人吃了這麼多苦頭。」理人抽噎著道歉。

父母親過世，身為唯一親人的他又一直沉睡不醒，類的命運實在是太坎坷了。理人覺得自己虧欠於類而哭個不停，類便拿手帕幫他擦了擦臉頰。他現在的身體狀態很差，差到只是哭泣就出現了呼吸困難的症狀。

「你已經醒來了，這樣就夠了。等你恢復健康，我們一起去掃墓吧。爸爸和媽咪感情那麼好，能一起離世也是件好事。」類用溫柔的聲音安慰理人。

先前一直在後方等候的新田走向前來，用聽診器檢查理人的肺部一帶。

「從今以後一定會有很多好事降臨的。首先你必須開始做復健、恢復體力。」

新田把氧氣罩放在理人的胸口，帶著笑容對理人說道。這段時間應該都是新田在照顧無法動彈的他吧？理人為此用力地點了點頭。

兩個小時後，佐久間醫生特地過來替理人診察。或許是因為睽違五年不見，佐久間的眼尾出現了皺紋，整個人都已經變成了個中年男性。

「醫生，您變老了……」理人撐起上半身，在讓醫生診察身體的期間感慨地低聲說道。佐久間很誇張地表現出垂頭喪氣的模樣，並露出挖苦的笑容。

「能開這樣的玩笑，看來你似乎是沒事了。嗯，沒有雜音，身體機能應該正在恢復中。可以的話，從今晚開始讓他吃流質食物吧，畢竟最重要的第一步就是進食。你這副身體已經虛弱到被風一吹就會被吹跑了。」用聽診器檢查完之後，佐久間露出一個笑容。

類先前似乎是丟下工作跑過來的，後來他說他要暫時回工作區域一下，便離開了房間。

趁著類不在現場，佐久間偷偷把所有祕密全告訴給了理人。

「老實說，我真的很佩服你弟弟，他為了你，可說是奉獻了一切。你這種病必須住進指定醫院，才能拿到國家下發的補助金，但他無論如何都想把你留在身邊，於是就在自家準備了完整的設備，甚至還聘請了專屬的護理師以及物理治療師，真的很了不起。坦白講，我很擔心你會就這樣沉睡不起……結果你就醒來了。」佐久間拍了拍理人的肩膀。

理人由此得知類為了他，耗費了多少心力。他不知道該怎麼做才能回報這分恩情，現在他所能做的，就是盡快靠自己的力量重新站起來，僅此而已。

「還有啊……真矢她也在兩年前發病了，到現在都還沒醒來。」

理人大吃一驚，胸口一痛。真矢也發病了嗎？她明明那麼討厭這個病。

「當初得知你發病時，她當場哭了起來。真希望那孩子也能早點醒過來。」

據說真矢住進了佐久間所任職的醫院裡。聽到佐久間的話，理人的心情變得非常沉重。

五年的時光比想像中的還要漫長，周遭的景色完全改變，理人有種只有自己被留在原地的感覺，高中時代的朋友或許已經忘了他是誰也說不定。

理人心念一轉，覺得他必須趕緊把這種失衡的感覺修正回來才行！

為了恢復體力，理人開始進行復健。

吃飯方面從流質食物開始，並讓自己一點一滴地慢慢活動身體。短期內他連從床上起身都很困難，沒有人協助的話根本動彈不得。他想趕快拆掉身上的點滴和心電圖儀器，便拚命恢復整個身體的機能。話雖如此，在拆掉導尿管之後，連續好幾天他還是使用尿壺來排尿，自尊心已經碎了一地。在新田面前，他已經毫無隱私可言。

過了一星期後，復健的效果終於顯現，理人可以開始攝取較為固態的泥狀食物了，短時間內也能借助新田的手坐到輪椅上。為了打消類想買最新型輪椅的念頭，理人費了很大一番功夫。因為他很快就能恢復自力行走的能力，所以想用租借的輪椅就好。

理人坐在輪椅上，讓類推著在屋子裡四處走走看看。他們所在的樓層是十三樓，這層樓共有四戶，每一戶的格局都是三房兩廳一廚房。走出理人所在的房間後，迎面而來的是一間很大的客廳，此外還有開放式廚房、廚衛設施。另一個房間是類的私人臥室，第三間房間則是儲藏室。類說同樓層的其他三戶則依照用途，劃分為作業區、辦公區、攝影棚。一開始是因為隔壁戶沒人住所以一起租下，接著是同樓層的其他戶也空了下來，這個過程反覆幾遍後，類就占下整層樓了。

「以後你們可能會碰到面，所以我先把我的經紀人和祕書介紹給你認識。」

到了隔週，理人與類一起吃早餐的時候，類把按了門鈴、前來拜訪的兩個女生帶到了客廳。類打扮得整整齊齊的，反觀坐在輪椅上的理人只穿著休閒服，兩個陌生女性的出現讓他手足無措了起來。

「很高興見到你，敝姓中野，你能醒來真是太好了。」

自稱中野的經紀人，她的一頭黑髮在後腦杓綁成一束，看起來個性積極且充滿幹勁，年齡大概是三十出頭。她將自己的名片遞給了理人，並用充滿憐愛的眼神凝視著他。醒來兩個星期後，理人如今依然骨瘦如柴，能從床鋪上起身的時間也不是很長。

「我是坂井，請多多指教。」

坂井擔任類的祕書，是一位二十八歲的短髮漂亮女性。類創立的公司主打男性流行服飾，坂井身上便穿著與公司形象相符的雅致套裝。

「我是理人，不好意思，在這種狀態下和妳們見面。」

理人連低頭鞠躬的動作也做不到，只能用虛弱的聲音說話。

「哪裡，你太客氣了。今天我們只是過來打招呼而已，希望你能早日恢復健康，等你長出肉點來，一定會變得很可愛的。類這小子，從以前開始就一直不肯讓我跟你見上一面。」

中野朝類投去一個別有深意的眼神。

「啊，難道中野小姐一直是類的經紀人……？」

見理人放鬆表情，露出了笑容，中野便點頭承認。類依然待在當年發掘他的經紀公司內，經紀人也一直是由中野擔任的。話雖如此，中野卻不是類的專屬經紀人，據說她手下還有好幾個模特兒。

「你和類不是雙胞胎嗎？所以我之前就在想，這樣的孩子絕對也會長得很好看的！於是我從以前開始就一直拜託類介紹你給我認識，他卻總是頑固地拒絕。」中野露出帶著熟稔之意的笑容，她和類之間相處的氣氛十分隨意，

「老哥他不可能的。他絕對無法進入娛樂圈，因為不適合。」類以笑咪咪的表情冷酷地說道。其實理人自己也是這麼想的，但聽到類說得如此斬釘截鐵，還是讓他有點受傷。理人確實不具備可以在鏡頭前一直保持笑容的機靈性格。

「好了，自我介紹完畢，妳們可以走了。老哥應該也累了吧？」

類把這兩個女生趕向玄關大門。

「社長，下午您預定要和木島先生開會，地點訂在攝影棚內可以嗎？」

坂井一邊被類推著背，一邊與他確認今天的行程。類也露出成熟的神情，與對方討論工作上的事。聽到雙胞胎弟弟被人稱作社長，理人的心裡有種神奇的感覺。類明明也才二十三歲而已，還真是厲害。

理人還沒有掌握好坂井的性格，不過中野似乎是個很好聊天的人，理人因此想於

下次見面時，問問她關於自己所不知道的類的另一面。

「老哥，你還能再多吃幾口嗎？」

返回餐桌前的類發現桌上的早餐都沒有減少，因而有些擔憂。今天早上，類幫理人煮了義大利燉飯，還搭配切得很碎的沙拉及熱牛奶，看起來非常美味，可惜理人只吃了一半就覺得很飽了。或許是因為他之前都沒有正常地進食，而是在鼻子內插入導管，只攝取了營養劑與流食，才導致胃可能變小了。

「我可以等晚一點再慢慢把它吃完嗎？話說回來，類是什麼時候學會做菜的？洗衣服和打掃之類的事，以前你不是完全不會做嗎？」理人環視屋內後，發出嘆息。

高中時，他和類連洗衣機的用法都不知道。因為母親很喜歡做菜，所以他們從不曾進廚房幫忙過，偶爾留下來看家時，也都是吃超商的便當或是請店家直接外送過來。

「我自從嘗試下廚看看後，就發現做菜其實意外得很有趣。打掃的話，就交給掃地機器人，洗衣服時也只要按個按鈕就行了。」類用習以為常的神情回答。

這五年來，家電的進化讓人目不暇給，這令理人不禁體會到了浦島太郎的心情。

「老哥好像有點累了？要休息一下嗎？」

理人的眼中顯露出睡意後，類便探頭觀察他的表情。吃早餐前，理人在類的幫助下稍微動了動身體，所以此刻已經感到有些睏了。現在的他只要稍微活動一下，馬上就會覺得疲勞，而等到中午過後，新田過來之時，他又要努力進行復健，所以在那之前想要先稍微睡一下。

「嗯……」理人點點頭，類便站起身來，走到理人面前跪下。

「我帶你去房間吧。」

類拉起理人的手，讓纖細的手臂環住自己的脖子，從輪椅上打橫抱起理人的身體。理人維持著讓類抱住的姿勢，往病床所在的房間移動而去。類胸膛的厚實程度，已經與高中時代大不相同了。類曾說過自己有在上健身房，但現在他的體格之壯碩，是以前根本不能相提並論的程度，在理人看來簡直判若兩人，令人不由得心跳加速。

「你是不是有在鍛練身體啊？」理人靠在類的胸膛上，提出單純的疑問。

類小聲地笑了笑，「高中時為了模特兒工作，我有隨便鍛練過一段時間。後來改變了想法，覺得自己這樣不行，才從頭開始鍛練軀幹。畢竟我得好好保護老哥才行啊。」

聽到類用若無其事的口吻這麼說，理人覺得胸口刺痛了下。他明明是哥哥，卻被弟弟保護著，真是沒用。然而事實上，如果沒有類的保護，以他現在的狀況，他自己根本存活不下去。

走進放置醫療用病床的房間後，類輕輕地把理人放到床鋪上。類的臉靠得很近，吐出的氣息與理人的交融在一起。理人突然間冒出「他該不會要吻我吧？」的想法，但類的身體迅速退開了。

「有什麼需要就叫我。」把毯子蓋在理人身上，類便走出了房間。

突然變成一個人在房間內獨處，理人「呼」地吐出一口氣。類……沒有吻他。理人仰頭看向天花板，覺得心底有些悶悶不樂。雖然已經過了五年的時光，但對他來說，和類做愛宛如是幾天前才剛發生的事。他得知了類堪稱恐怖的心意，然後隨波逐流地與他發生了肉體關係。

現在的類是怎麼看待他的呢？自從甦醒之後，理人就覺得類彷彿變了一個人，讓他心底充滿了孤獨感。不只是他們的晚安吻沒了，類看起來也宛如一個陌生的大人，他們完全不再像是一對雙胞胎。包含父母過世的事在內，類在理人所不知道的地方，一路受了很多傷。如果類想要的話，理人原本是想好好回應類的感情的，但現在看來，全是他誤會了。

——我都忘了已經過去五年了……類他應該已經放下我，把目光轉向其他人了吧。畢竟那時候他還只是個高中生，跟小孩子一樣……

他會這麼悶悶不樂，肯定是因為再也聽不到心聲的緣故。以前類的心聲會不顧他的意願，直接傳入腦海，現在卻是一片靜默，類看起來就只是個對哥哥很好的弟弟，做出奇怪誤會的他真是丟臉丟得要死。

——這樣不是很好嗎？類他已經走回正軌了，這不正是我一直期盼的事嗎？

理人這樣告訴自己，閉上了眼睛。話說回來，為什麼自己聽不到類的心聲了呢？

——仔細回想起來……我是第一次發病，沉睡了再甦醒之後，才開始聽見類的心聲的吧。這或許與黑夢症有關？

雖然原因不明，但聽不見類的心聲後，他確實產生了不滿足及不安的感受。以前的他常常會聽到類那分多到滿溢出來的愛意，雖然覺得為難，但他在知道類對他的執著後，內心或許是有些竊喜的。

——我真是個差勁透頂的人。是說，現在的我長得就像一具骷髏一樣，怎麼可能有人親得下去呢！

為了擺脫悶悶不樂的心情，理人抓了抓頭髮。拜託類幫忙剪個頭髮好了！

理人偶爾會照鏡子檢查自己的臉色，但他總覺得自己的頭髮太長，看起來像個女孩子一樣，又因為身體太瘦，導致眼睛看起來又大又凶的，他必須趕緊恢復健康才行。

類停止無謂的思考，讓身體好好休息。新田中午過後就會過來，今天他也要努力做復健。抱持著這個念頭，理人進入了淺睡狀態。

「老哥，要不要一起出門逛逛？」

隔週，確認過理人的體重增加了兩公斤後，類開口這麼問道，並把坐在輪椅上的理人帶到外面去。理人如今的體重離三十公斤還差一點點，可說是瘦到風一吹就會被吹走，不過他的體重還是有順利地逐步上升，類為此感到很高興。

理人對四谷不太熟，無論看到什麼都覺得很新鮮。話雖如此，他失去意識前的日期是十一月，現在卻變成四月了，櫻花花苞有半數都已經綻放。理人拜託類帶他到迎賓館附近的四谷見附公園，看到這裡已經春色滿園了。

「那裡有賣東西的攤販，哥哥要不要稍微吃點東西？」

理人坐在輪椅上移動到公園裡後，類開口詢問他。他定睛望過去，發現那邊有一家可麗餅店，就突然想嘗嘗那個味道了。

「老哥想吃可麗餅對吧？你喜歡香蕉巧克力口味的對不對？」類彎下腰，笑了出來。

「我也記得你喜歡吃辣的……那現在呢？」理人抬起臉詢問類。

類以前只愛吃咖哩麵包，但過了五年，口味說不定已經改變了。結果類一臉嚴肅地表明「我都快成為吃遍所有種類的咖哩麵包的達人了」，兩人便一起笑了起來。

這時，兩個同行的年輕女生從一旁走了過來。

「請問你是 RUI 對吧？我是你的粉絲！可以跟你握手嗎！」

年輕女生一邊發出興奮的尖叫，一邊朝類逼近。原來連一般人都認識類嗎！理人感到很佩服，類則苦笑了下，輕輕握了握粉絲伸出的手。

「抱歉，現在是我的私人時間，還請見諒。」

類用柔和的語氣說著，同時抽回自己的手。隔壁女生看了看理人後，便說著「笨蛋，多為人家想想」，朝著朋友斥責道。自稱粉絲的年輕女生也注意到類推著輪椅的姿勢，於是滿臉焦急地頻頻鞠躬道歉後，轉身離開。看到這一連串的發展，理人驚訝不已。類他——竟然態度正經地做出了回應。

「你真了不起。以前遇到這種人，你明明都很冷漠地不當一回事。」

高中時代也有同校或外校的人會來搭訕類，但類總是用「擋路」、「煩死了」之類很不客氣的語句拒絕了對方。

「現在這個時代，我如果不謹慎一點就完蛋了，因為消息會瞬間在社群網路上流傳開來，我底下可是還有員工要養呢。」雖然類用半開玩笑的方式說道，不過他真的成為一個成熟的大人了。一想到類已經開始注意人際關係的處理了，理人便有很深的感慨。

把輪椅停到一棵樹下附近，理人吃起類買來的可麗餅，類還把一罐小尺寸寶特瓶裝的煎茶開蓋後，遞給了他。現在理人的握力幾乎是零，連寶特瓶的蓋子都無法扭開，甚至也很難長時間握起一罐普通大小的寶特瓶飲料。

類高興地看著理人大口享用著可麗餅。走到戶外讓人感到心情舒暢，但自己比想像中更加引人注目這一點，卻讓理人有些不適應。

——大家可能都以為我得了重病吧。

看到坐在輪椅上的乾瘦少年，路過的行人都紛紛投以同情的視線。而類也在別種意義上非常引人注目，所以待在人多的地方時，理人就會在意起周遭的目光。

「老哥，你有想去的地方嗎？」類彎下腰詢問。

一個剛好經過他們附近的中年男人，滿臉不可置信地看了過來，大概是因為類怎麼看都比較年長，但他竟然稱呼容貌稚氣的理人為哥哥的緣故吧。

「我說……以後你別再叫我哥哥了吧？」

咀嚼著包在可麗餅裡面的香蕉，理人小聲說道。

「咦？為什麼？老哥就是老哥呀。」類的反應好像在說他無法理解理人的要求。

「因為你一叫我哥哥，大家就都用奇怪的眼神看著我。況且我們出生的時間也只差了五分鐘，你直接叫我理人就行了啦。」

理人一邊大口吃著可麗餅，一邊說道。類聞言陷入了沉思。

「理人……」類輕聲低語。

「嗯，嗯。」一見理人點頭回應，類就皺起了眉頭。

「直接叫名字的話，總覺得……不，沒事……那從現在開始我就直接叫你理人喔，可以嗎？」沉思過後，類這麼說道，理人也點頭說「這樣就好」。

「那個，先不說其他想去的地方，我們回家以後，你能不能幫我剪頭髮？頭髮這麼長讓我覺得好煩。」吃完可麗餅後，理人抓起自己長長的髮絲。

「咦，給我剪嗎？等等，我有認識的人在開美容室，請他幫忙剪吧。」類立刻拿出手機，打電話給某人。

理人不想麻煩專業人士，於是皺緊了眉心，覺得自己似乎是提出了錯的要求。有哪家美容室是可以讓人坐輪椅進去的嗎？何況他現在沒有收入，照這情況來看，可能會需要類幫忙支付費用，這讓他覺得很鬱悶。

類正用熟稔的態度和通話對象說話。因為不能打斷人家講電話，所以理人只能喝著茶等待著類。

「對方說他明天有空。對了，在剪頭髮之前，老哥的……理人的手機要不要換一款？你的是五年前的款式，都已經很舊了。」

類從包包裡拿出理人高中時使用的手機。好久沒有看到自己的手機了，理人震驚得差點跳起來。為什麼呢，因為按下電源鍵後，竟然可以順利開機並通話。

「咦！為什麼這個還能用！類，難不成你一直有在繳電話費嗎？」

不但可以收簡訊，還能玩遊戲。雖然很多應用程式已經在過去五年間停用了，但手機還能用這一點依舊讓理人驚訝得說不出話來。

「我只是繳了月租費而已。」類一副這又沒什麼的模樣，但理人才不相信。

「連繳五年嗎！」

一想到過去五年來類一直浪費錢白繳手機費，理人的胃就痛了起來。我家弟弟的金錢觀是怎麼了？正常人不是到了一定時間就會直接放棄了嗎？

「換手機的事就算了，我又沒有錢，況且錢的方面……」

檢查了下發病沉睡期間朋友傳來的簡訊，理人不知該如何是好。

類推著輪椅，滿心都想帶理人去買新手機。「錢的問題你不用擔心啦，手機就當作是我送你的禮物。還有，老哥……你的存摺一直由我保管著，爸媽過世後，遺產便由我們繼承，我把其中一半存進了你的戶頭，賣掉房子的錢也存了一半進去。同時，我在你沉睡期間順便活用資產進行投資，賺了一筆，所以就算短期間內不工作你也生活無虞。」

類走在人行道上若無其事地說道，令理人完全無言以對。不久前還只是高中生的他，在一旁聽得一頭霧水。把高中時的打工費和零用錢加起來，他的戶頭裡大約有二十萬日圓，病發之後，他以為自己的錢肯定都沒了。

「其實你用不著考慮到我的。為了付住院費之類的種種費用，你應該花了很多錢吧？你還請了護理師過來，那可是燒錢的無底洞耶。」

理人為難地轉頭看向類，類便露出笑容。

「我是自己想做才那麼做的，那裡的房子也是因為我自己想買才買下來的，你用不著擔心。我的公司經營得很順利，所以不缺錢。」

見類說得這麼直接痛快，理人完全接不了話。類變得十分寬宏大度，已經無法簡單用一句「人真好」來解釋了。

他現在其實是個相當優秀的精英嗎？理人不清楚過去五年裡發生了什麼事，不過弟弟已經厲害到自己無法相提並論的程度了。

他們前往車站附近的手機行，理人聽從推薦，選擇了和類同一機種的手機。辦理了購機手續，轉移手機資料，然後理人就有一臺新手機了。他請人家幫忙設定，讓手機費直接從自己的帳戶內扣款，否則他很怕一個不留意，就會變成買什麼東西都是由類來付錢了。

「歡迎光臨。」

隔天，類帶理人來到位於新宿的一家時尚美容院，這間美容院大到可以容納輪椅進入。有個戴著眼鏡、留著山羊鬍、看起來像專業人士一般的男人，與類親近地擁抱了一下。類認識的人似乎就是這家店的店長。

「理人就麻煩你了。我可以稍微離開一下嗎？剪好了再打電話給我。」

與店長商量完畢後，類說要去處理一些事情，便離開了美容院。被獨自留下的情況讓理人感到很緊張，店長見狀，便滿臉笑容地來向他搭話。

「初次見面，請多指教，敝姓七井。」

自稱七井的店長將理人連同整臺輪椅，帶到裡面的一個空間。為了讓坐輪椅的客人也能抱著輕鬆的心情來剪頭髮，這家店做了一番設計改良，剪和吹都可以讓客人直接坐在輪椅上進行。

「頭髮長得好長了呢，你想剪多短呢？」把輪椅停放在一面大鏡子前，七井開口詢問，理人直接口頭說明希望能露出後頸。

「你長得和 RUI 很像耶，你們是……兄弟嗎？」

七井一邊修剪頭髮，一邊主動找理人聊天。理人點點頭，以一句「嗯，算是吧」含糊回答，然後把視線從自己乾瘦的身體上挪開。如果有什麼簡單的快速增肥方法就好了。

「七井先生是類的……？」要說是朋友的話，兩人的年齡又似乎有些差距。理人充滿猶豫地開口問道。

七井告訴他，自己和類是透過模特兒工作認識的。七井以前是專為雜誌模特兒等等的藝人做造型的美髮師，現在據說是以打造一間殘障人士也能輕鬆上門的美容院為概念，正在拓展店面的規模。

「多虧有 RUI 幫我做宣傳，現在也有一些年輕人會來光顧，幫了我大忙。他明明還很年輕，人卻很可靠。啊，你要看看有刊登 RUI 照片的雜誌嗎？」

七井從店裡拿了幾本雜誌出來。只是把一本雜誌拿到身前，理人就費了很大一番功夫。最近的雜誌每本都又大又厚的，讓他很傷腦筋。

——咦，類已經這麼厲害了嗎？

一翻開男性流行服飾類的雜誌，前面幾頁就出現了許多以類為主視覺的頁面。他露出理人沒見過的成熟神情，擺出各種姿勢，名牌服飾穿在類身上，顯得相得益彰。高中時，有刊登類的雜誌理人全都有看過，那時候的訴求與現在完全不一樣，讓理人十分驚訝。

以前的服裝大多都給人比較輕浮的感覺，現在的類則換上了穩重的西裝，看起來完全不輸給其他模特兒。

——好帥氣……總覺得……我未來也不可能會變成這樣。

親眼看到類華麗出色的表現，理人心底忽然冒出一股空虛感。以前高中時代他們還處於成長期，縱使看到又高又帥氣的類，他也不覺得嫉妒，因為他認為自己有一天也會變成那個模樣。正常來說，如果理人沒有生病，應該會長得與類一模一樣。

然而到了現在，理人已經徹底死心，明白自己永遠不可能變成那樣了。畢竟他已經二十三歲，成長期早該結束了，他鐵定不可能長得像類那麼高、擁有那麼出色的身姿。思及於此，胸口便塞滿了空虛與苦悶，以及對類的羨慕。

——大家都看不出來我們是雙胞胎吧……類真是太厲害了。幸好當初有勸他去當模特兒。

悲傷與自豪的心情交雜成團，理人抱著深深的感慨闔上了雜誌。

剪完頭髮，理人接著移到洗髮躺椅上，讓對方仔細地把自己的頭髮清洗了一遍。而從洗髮躺椅移動到輪椅上時，也是由熟練的工作人員協助進行的。有這種美容院真是太方便了，理人覺得很感謝。

「變得清爽俐落多了吧。」把頭髮整理好之後，七井把鏡子拿到理人旁邊，讓他連後腦杓都能檢視一番。這時候類正好辦完事情返回美容院，走向剪完頭髮的理人。

兩人透過鏡子視線相交，類伸手摀住自己的眼睛，心情瞬間激動了起來。

「糟糕，看到老哥從前的面貌重現，讓我好想哭。」類用沙啞的聲音說道。七井聽見了，一臉震驚地說了聲「老哥？」。理人真希望類這時候可以叫他的名字。

「謝謝你，七井先生，下次我們還會再來的。」付完錢後，類與七井氣氛融洽地聊了幾句。

類的交際圈已經擴展到連這樣的專業人士都認識了，理人感慨頗深地想。自從甦醒之後，他就一直為類的種種表現感到震驚。

「頭髮變短後，我的脖子就顯得格外纖細呢。」

回家路上，理人笑著這麼說完後，類馬上從包包裡拿出披肩，把他的脖子一圈一圈地圍了起來。他吐槽「你的包包是哆啦A夢的百寶袋嗎」，然後在逐漸西斜的夕陽下，與類一同返家。

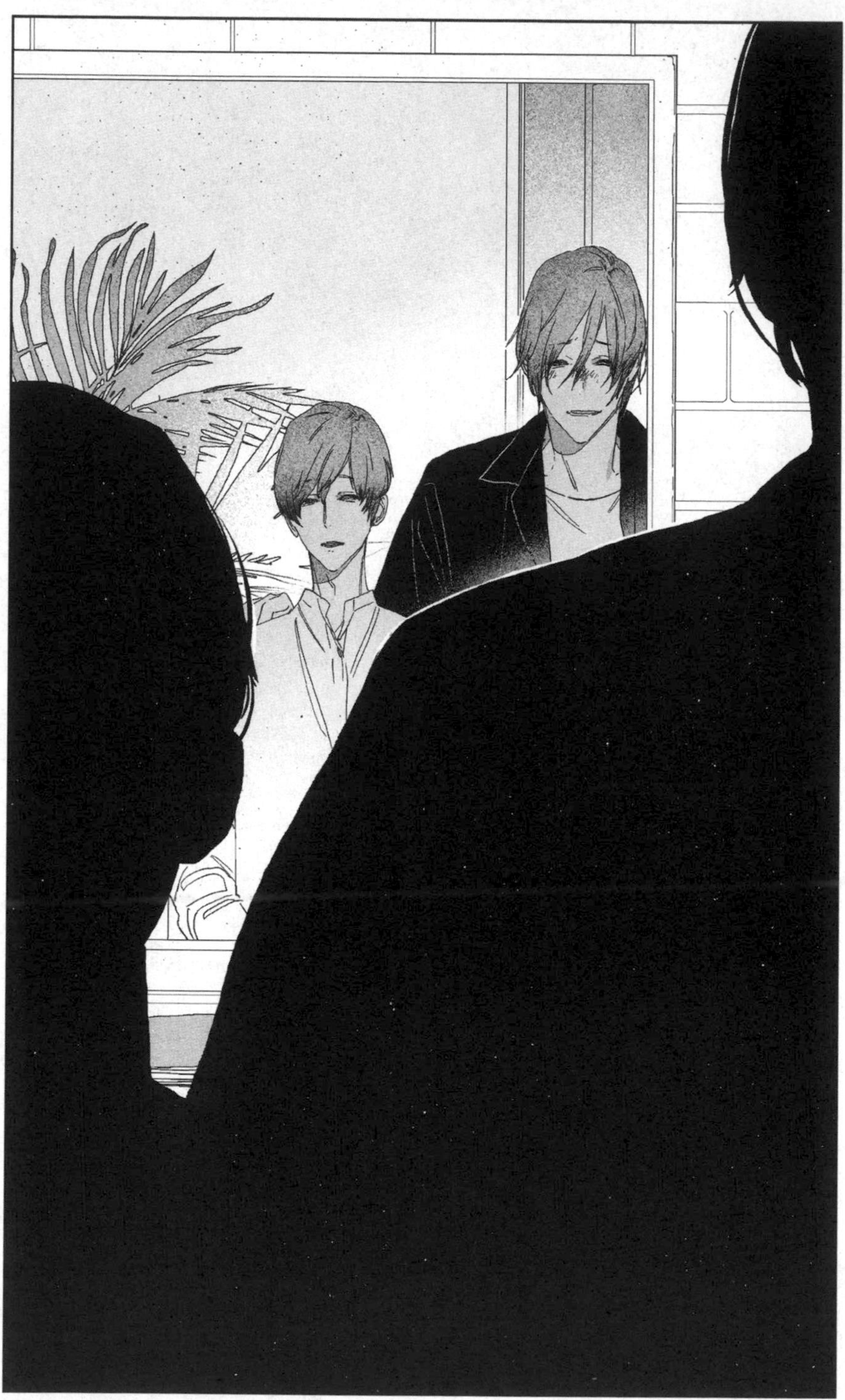

6 失去的東西

進入五月後，理人的體重超過了三十公斤，外表總算逐漸像個活人了。由於新田之前說過，當體重超過三十公斤後，就可以開始進行行走訓練了，理人因此對於增胖這件事充滿了幹勁。

扶著輪椅自力行走，對理人而言非常吃力，尤其是僅靠自己的力量，從輪椅上移動至廁所或床鋪上。為了能不在別人的幫助下，自行上下床或是去上廁所，理人非常努力地在進行行走訓練。

「慢慢來就好，請不要勉強自己喔。」

復健是從使用助行器在室內移動的訓練開始的，但剛開始理人光是站立就感到非常吃力了，這讓他認知到自己的肌力已經完全消失了。他的助行器是底下裝著輪子的款式，沒有施力也可以前進，因而速度一變快，可能會讓人直接摔倒在地。有新田一直在旁邊輔助，理人可以安全地進行復健，可是照現在的情況來看，離能丟開助行器的那一天還要很久。

「理人，爺爺奶奶說要來日本！」類帶著笑容，前來通知正在做行走訓練的理人。

理人父親那邊的祖父母都已經過世了，所以來的是母親這邊的爺爺奶奶。

「咦，真的嗎？什麼時候？」

一直攀在助行器上的姿勢讓理人覺得難受，於是他藉助類的力量回到了床鋪上。新田見狀，便很體貼地提出可以先休息一下的提議。

「你剛甦醒過來時，我有打電話給他們，他們原本說想立刻過來日本，但我覺得你應該不想被他們看到自己只能長時間臥床的樣子，就攔住他們了。你開始進行行走訓練時，我想說應該差不多可以了，就連絡了他們，他們說要搭後天的班機來日本。」

理人還氣喘吁吁的，類在他身旁坐下，用手指把他的頭髮往後梳。

「謝謝。我確實不想讓他們看到我只能長時間臥床的模樣，幸好有你幫忙。好，我起碼要恢復到能自己站起來才行！」

理人振奮地說完，類馬上調侃他：「理人要站起來了？」

「……理人，等爺爺他們來了之後，我們一起去掃墓吧。」類的眼睫毛顫抖著，果斷地開口。

理人的心震了一下，抿住了嘴唇。自從被告知父母過世的消息後，理人便明白，總有一天自己必須去幫他們掃墓。只是現在光是要恢復自己的身體狀態，他就耗盡了全力，這件事便被壓到了腦海深處。但是，已經到了不得不去面對的時候了。

「嗯……好。」理人垂頭喪氣地回答，類便伸手環住了他的背。

一旦去掃了墓，好像就得承認父母真的已經過世的事實，讓理人十分排斥。他也再度確認到自己的精神狀態是多麼得幼稚，使他不禁感到無地自容。類都已經完全獨立了，他卻還是個累贅。

「爺爺他們也變老了吧？你已經見過他們了嗎？」聽理人重振精神地開口詢問，類輕輕縮了下脖子。

「我最近一次見到他們好像是在一年前，他們每年都會寄聖誕卡和生日賀卡過來，偶爾也會打電話給我，還抱怨說爺爺得了糖尿病、奶奶的健忘症最近變得很嚴重。他們兩個都很有精神呢。」

類似乎想起了什麼，突然衝出房間，又拿了一個牛皮紙袋回來。「這些是他們寫給你的。」

講究禮儀的爺爺奶奶每年都會寄卡片給理人，還會在聖誕卡與生日賀卡裡，寫上充滿愛意的話語，以及祈禱理人能早點甦醒過來的祝福。當理人與類一起讀著這些卡片時，新田走進了房間，「類先生，祕書小姐說希望你快點回去」，這樣提醒了一句。看來，類是工作到一半跑來這裡的。類向她道謝，然後把卡片擺到枕頭邊。

「祕書小姐向我詢問理人先生的健康狀況，我可以告訴她嗎？」

休息時間結束後，理人重新抓起助行器，開始進行站立訓練。新田露出抱有心事的神情，開口詢問他。

「告訴她是無妨，但她為什麼會這麼問呢？」理人想起坂井的那張美麗臉龐，感到納悶。她這是在關心他嗎？

「我覺得祕書小姐應該是喜歡類先生的。理人先生是她心上人的家人，所以她才會加以關注的吧？」新田偷偷把這個祕密告訴理人，令他心臟一跳，瞪大了眼睛。他心想，那麼漂亮的女生，和類倒是挺相配的……

「他們兩個是在交往嗎？」理人在意地詢問著，新田便苦笑地「唔——」了一聲。

「以我的觀察，類先生對祕書小姐似乎沒有那方面的意思，況且類先生身後有經紀公司在，說不定會嚴格禁止戀愛方面的事情。我覺得類先生應該沒有特別喜歡的人。」

得知類沒有戀人，理人鬆了一口氣。正常來說，他或許該祈禱類能找到女朋友，可是一旦有了女朋友，類與他的距離就會越來越遠。

——啊——感覺好討厭。我以前的個性是這麼差的嗎？

無法祈求弟弟能得到幸福的自卑，讓理人深感厭煩，於是他逼自己不去思考類的人際關係問題。

理人勤奮地做著行走訓練，中途穿插了一些休息時間，到了下午四點，則在新田的幫助下洗了個澡。如今，他在新田面前全裸也沒有任何感覺了。理人自從能坐上輪椅後，臂力便開始一點一滴地恢復了，理人便盡可能地靠自己洗身體和頭髮。但沒有新田的輔助，他連泡澡都做不到，所以離自立那天還久得很。

過了五點，新田離開後，理人穿著休閒服，坐在輪椅上閱讀報紙與雜誌。他想知道過去五年，他沉睡過去的空白期間內發生過什麼事，也會用手機搜尋過去發生的事件與重大新聞。他以前喜歡的歌手已經過氣了，曾經滿心期待它上市的遊戲已經發行到第三代，世事變遷之快，讓他眼花繚亂，覺得有些吃力。

——對了，我來搜尋類看看吧。

理人突發奇想，用手機搜尋類的資料，結果跑出的搜尋結果多到超乎預料，讓他大吃一驚。不知何時，類不但參與過著名歌手的MV演出，還拍了廣告，YouTube上還留著過去的影片。

——好厲害——類已經是藝人了吧！

電視節目方面，類雖然只參與過和工作有關的節目，但身為參加巴黎時裝周的日本模特兒，有段時間他備受眾人矚目，他的粉絲也因此上傳了許多與類有關的影片。

其中一個影片的標題寫著悲劇王子，裡面是關於類的報導，理人的目光不禁被它吸引住了。

報導裡寫著，類的雙親已經過世，唯一的親人也因疾病而長期臥床。裡面完全沒有記載到任何類自身的發言，因此這則報導大概是編寫的記者自己調查而來的。

——類的人生真的很波瀾壯闊呢。

腦袋裡冒出這種旁觀者似的感想，理人覺得眼睛有點累了，便把手機放下。

類在沒有任何靠山的情況下創業，並且活得非常努力且認真。當然，因疾病而昏迷的理人也並非擁有一個安逸的人生，好在黑夢症幾乎不會造成任何疼痛，只是等患者恢復意識後，時間已經悄然流逝了。神奇的是，在黑夢症發病的期間，患者的身體便與老化絕緣。家屬肯定會比患者更痛苦，患者本身只要在甦醒後進行復健就可以了，被絕望籠罩的時間很短。

——我沉睡的期間，不知道類都在想什麼？如果沒有我，他是不是就能住進高級豪華大廈內了？類八成在我身上花了非常多錢吧。

理人知道如果把這些話說出口，肯定會被類臭罵一頓，所以他心裡雖然這麼想，卻還是克制住自己的嘴巴。總有一天，他一定要回報類。抱持著這個念頭，他嘆了一口氣。

爺爺奶奶抵達日本的那一天，類也排了休假，和理人一同前往機場接人。為了今天，類特地租了福祉車，讓理人可以透過斜坡板，連同輪椅一起坐進車子裡。

「唉——結果還是無法恢復到站起來走路。」前往機場的路上，理人滿心遺憾地喃喃自語，手握方向盤的類便透過後照鏡，朝他笑了笑。

「用不著這麼焦急吧？反正你操控輪椅的技巧也變好了。」

負責開車的類臉上戴著墨鏡。理人在後座看著他，心中湧出了羨慕，覺得弟弟真是帥氣，不但長得好看，還是個知名模特兒，同時又是公司老闆，人還很可靠。自己如果是女生，肯定會喜歡上類的。

「話說回來，你還記得怎麼說法語嗎？」類用法語開口詢問。

「當然記得啦。對我來說，我似乎是不久前才和奶奶說過話的。」理人勾起帶有深意的笑容，以法語回答。把話說出口後，他才露出「糟糕了」的表情，摀住嘴巴，把臉轉向一旁。

他和奶奶講電話的那一天，正是他與類越過親人界線的日子。理人擔心地想，他剛剛那句話應該不會刺激到類吧？然而類彷彿已經不太記得那天的事了，正皺眉沉思。

「是這樣嗎？」交通號誌變成綠燈後，類踩下油門。

對理人來說，那是不久前才發生的事，但對類而言，那已經是五年多前的事情了。類已經忘了嗎？理人鬆了一口氣的同時，又覺得有些孤單。他抓了抓脖子的根部，類做了一些他個人希望給理人穿的衣服，今天理人就是穿了其中一套。沒有出門的日子，他幾乎都穿著休閒服，已經很久沒有穿得這麼端正筆挺了。

「不過你也太厲害了吧！你是什麼時候學會使用縫紉機的？」

理人身穿一件白襯衫，衣領、胸前口袋及袖口都有格紋圖案，尺寸雖然有些寬鬆，但應該是理人太瘦了的緣故。褲子是紺色的卡其褲，類做過一番設計，所以看起來很有品味。此外，類不知何時幫理人準備了好幾雙皮鞋，讓他不用客氣、儘管穿上。

「我在學生時代就對做衣服產生興趣了，剛開始只嘗試做了一些設計，不久後就想自己做做看了。當然，工作上的衣服我都是交給專業人士去縫製，我做的衣服只會給理人和朋友穿。」

類說得很輕描淡寫，讓理人深刻體會到他的弟弟在各個領域都十分有天賦。類本來就很聰明，但同樣身為雙胞胎的理人，就不是那麼有才能的人。

「等我能走路了，可以去看看你工作的地方嗎？」突然間，理人下定決心地開口。聞言，類露出了笑容，語氣隨意地說「當然可以」。

「其實你現在就可以去看看呀。」

「不，坐著輪椅進去作業區未免太失禮了。」

理人不太出門，所以並不清楚。但從類的反應來判斷，做為作業區和攝影棚使用的屋子裡，大概二十四小時都有人在。理人不想干擾到類的工作，於是堅定地拒絕了。

從爺爺奶奶搭乘的飛機落地的那一刻起，理人他們就在成田機場的國際線入境大廳等候了。過了大概四十分鐘後，奶奶那令人懷念的嗓音傳入了理人的耳中。

「類、理人，我的天使們。」拉著行李箱的奶奶說著每次見面時都會講的臺詞，她毫不避諱地以「天使」來稱呼孫子們。被人用日語這麼叫著，會讓人很難為情，但神奇的是，用法語的「Ange」來稱呼他們為天使的話，反而會覺得無所謂。

「奶奶，爺爺。」理人朝奔走而來的奶奶揮揮手，接著就被淚眼汪汪的長輩抱住了頭。

由於他坐在輪椅上，剛好能被奶奶擁入懷中。奶奶那頭接近白色的金髮整整齊齊地綁了起來，身上穿著一件粉紅色的洋裝。晚一步趕來的爺爺則戴著雅致的帽子，搭配三件式西裝。

「啊啊，真的是太好了，你這孩子實在是太貪睡了。真是太好了呢，類。」

奶奶熱情地在理人的兩邊臉頰上親吻，再與一旁面露笑容的類擁抱。爺爺也接著抱住了理人，並吻了他的臉頰。

「你的身體還好嗎？竟然瘦成這樣。」爺爺用充滿憐愛的眼神注視著理人。理人苦笑著說，這已經是他長胖後的成果了。

「總之，身體會慢慢恢復的。況且我也想早點靠自己的雙腳行走。」

腦袋被爺爺的手撫摸著，理人露出開朗的笑容。爺爺奶奶的皺紋增加了，看起來比以前老了許多，不過他們打扮的習慣和柔和的氣質，還是和以前一模一樣。

「你們有在飛機上吃過東西了嗎？我們先在機場裡吃完飯再去掃墓，如何？」

聽到類的詢問，爺爺奶奶回答說他們的肚子還不餓。

一行人坐上停在機場停車場裡的車子，決定直接去掃墓。他們在路邊的花店買了掃墓要用的花，搭著類駕駛的汽車前往東京都內的墓園。理人詢問爺爺奶奶過去五年來過得如何，然後一下子誇張地大笑，一下子點頭聆聽。類偶爾會悄悄投來一個帶著擔心的眼神，可是理人不太懂他在擔心什麼，只是朝類露出了笑容。

從機場出發，行駛了兩個小時後，理人一行人終於抵達了墓園。這裡是小此木家族所屬的墓園，每年春分和秋分的掃墓時節裡，理人都會跟著父母一起前來。

奶奶推著輪椅，帶著理人走進寺院。進到這裡後，理人馬上察覺到自己越來越難以呼吸。

——咦，這是怎麼回事？我該不會是什麼疾病發作了吧？

理人的胸口發疼，臉色逐漸變得慘白，手心不斷冒著汗，還微微顫抖了起來。往前看去，類從僧侶手中接過線香的身影映入眼簾。爺爺在放了長柄杓的木桶裡裝水，然後擦了擦汗。自己的手心會冒汗，說不定是因為天氣太熱了。抱持著這個想法，理人硬逼自己做了深呼吸，但窒息感依舊揮之不去。

「……理人，你沒事吧？」類走回來後，又用擔心的眼神看向理人。

「我沒事。」理人露出僵硬不自然的笑容，握住了拳頭。

奶奶似乎已經來過這座墓園了，她推著輪椅，直直走向理人父母長眠的墓地。來到睽違已久的小此木家族的墓園前，理人發現自己的心跳正在逐漸加速。類把鮮花擺上，爺爺奶奶則把水澆在墓碑上。他們兩人都很清楚日本的掃墓方式，看著線香的裊裊白煙，雙手合十。

由於坐在輪椅上，理人難以做出澆水的動作，不過他也想跟著大家一起合掌，便動作遲緩地舉起了手。類卻迅速在他身前蹲下，捧住了他的臉頰。

「理人，現在這裡只有家人在，你可以哭出來沒關係的。」

類溫柔的嗓音以及溫熱的掌心，讓理人的眼眶盈滿了淚水。原來從剛剛就一直存在的窒息感，是他對已逝父母的思念情緒高漲所導致的。理人摀住臉，哭了起來，類

伸手輕撫他的肩膀。爺爺奶奶被傷感的氣氛感染，便也落下了淚，拿出了手帕。

親眼看到墳墓後，理人終於接受父母真的已經離世的事實。之前自己的事就讓他忙得筋疲力竭，完全沒有時間去思念過世的父母。然而，一旦把事實擺到他眼前，再怎麼不想接受，他也不得不去面對。

「對……對不……」用類遞過來的手帕擦了擦臉後，理人大口喘著氣。哭出來後，鬱積在心中的糾結情緒也隨之消失了些。

「理人是第一次來掃墓的吧。」奶奶悲傷地垂下眼睛。

「丟下沉睡的你離開人世，雪莉應該感到很痛苦吧。雪莉，理人已經恢復健康囉。」奶奶拭去眼淚，對著墳墓說道。墓前正擺著白色的薔薇，因為奶奶說，想帶一些理人母親喜歡的薔薇送給她。

「妳這個不孝女，竟然比父母還早離世。但因為妳的降生，讓我們曾經都感到非常幸福，這點絕對錯不了。」爺爺也摘下帽子放在胸前，平靜地說。

「我們的快樂泉源只剩下你們兩個了，你們要連同父母的分活久一點喔。」

爺爺深有所感地說，理人便用泛著淚光的雙眼回望著他。

眾人在墳墓前聊了一會兒後，離開了寺院。上車前，理人問類「你早就發現我有哪裡不對勁了嗎？」，類苦笑著回答「當然啦！」。

「今天的你太過健談了。每次遇到痛苦的事情時，你反而會表現得特別開朗。」

類用這只是小事一樁的語氣說道，讓理人明白，原來類從早上開始就察覺到了他的愁苦和煩悶。連他自己都沒發現，為什麼類會知道呢？

雙胞胎真是不可思議。抱持著這個想法，理人在心底輕喃有類在身邊真是太好了。

爺爺奶奶在日本的期間，理人就向新田請假，整天陪著兩位長輩。類沒有工作的時候，會陪他們一起去觀光，去爺爺奶奶喜歡的淺草四處逛逛，或是去看相撲比賽。

爺爺奶奶來日本的這四天裡，類把原本做為攝影棚的房間拿來當作客房使用。由於是平時用於拍攝的空間，床鋪和一旁家具都與飯店內的一樣漂亮，房間內還設有浴室，讓奶奶覺得很舒適，非常高興又滿意。

與此同時，理人卻有點煩惱。因為新田不在，所以他一直沒洗澡，前兩天他是用溼毛巾來擦拭身體度過的，但實在是很想洗頭。當理人正在這麼想的時候，類注意到了他的狀況，便開口提議道：「對不起，你很想洗澡對吧？不介意的話，我可以幫你。」

幫理人洗澡的事一直都是交給新田負責的，所以類好像也完全忘了這回事。

「那可以麻煩你嗎？」

理人合掌拜託後，類立刻去浴室準備泡澡水。理人維持坐在輪椅上的狀態，到更衣間脫衣服，上半身的衣服他可以很順利地脫掉，可是要脫腰部以下的衣服，對他來說卻是非常困難。新田在的話，她可以很有默契地配合他把褲子拉下去，但類的話就行不通了。況且，在類面前裸體，他會覺得有點難為情。

——類看到我的裸體後，心裡會不會浮現出什麼想法呢？

跨越界線那天的記憶浮上腦海，理人的心跳下意識地越跳越快。類會用那時候的方式幫他洗澡嗎？思緒宛如脫韁野馬，讓理人對於脫下褲子這件事感到十分緊張。

「我要把你抱起來囉。」也不知類有沒有發現理人的緊張，他很爽快地抬起赤裸的理人。平時理人洗澡時，頂多只會借靠一下新田的肩膀，所以有點被類的動作嚇到了。

「我幫你洗身體吧？」把理人放到洗澡用的椅子上後，類開口詢問。

「好、好的。」理人不由自主地點頭同意了。

類挽起袖口，避免弄溼，並用木桶舀起熱水，淋到理人的背上。接著，類把沐浴乳擠到沐浴巾上搓出泡泡，仔仔細細地刷洗著理人的背。

——不是用手掌啊……

理人很失望地看著前方，充滿泡泡的沐浴巾隨即遞到他的面前。

「你要自己洗身體前面嗎？」

「好、好啊……」

他還以為類鐵定會幫他清洗全身，結果只能無奈地刷洗起自己的身體。

——為什麼我會覺得有點失望呢？

類沉默地幫理人洗頭，又用熱水沖洗他全身。以平靜無波的模樣將理人移入浴缸後，類迅速站了起來。

「泡好再叫我。」乾脆地說完後，他就走出浴室了。

理人獨自待在浴室裡，「唉」地嘆了一口氣。

——類好像完全沒產生任何色色的念頭。也對啦，看到這種瘦巴巴的身體，鬼才會產生欲望。不對！我又不是希望他產生欲望！

在心裡吐槽了一番後，理人搓了搓自己的臉，他莫名地感覺到一種非常寂寞的感受。弟弟變得如此正經，他應該感到高興才對，心底卻覺得很寂寞。這樣的心情真的很不對勁，他究竟是在期待什麼呢？

——原來……我並不討厭……和類做愛。

重新思考了一遍後，理人認識到自己原來並不排斥和類發生性關係。他的內心告訴他這樣是不行的，但面對類將滿腔愛意傾注在他一個人身上的行為，卻又不覺得討厭。

兩人分開的這五年裡，類肯定已經發現到他們兩人的關係是不對的，他只是因為哥哥生病了，才會產生奇怪的執著。如果類想退回兄弟關係，理人也會順從於他的決定。

——總覺得……心情好低落。

自從甦醒過來之後，理人就聽不見類的心聲了，讓他覺得心底空了一塊。他萬萬沒想到，只是不知道類在想什麼，就會讓他的心情如此沮喪。他該不會變成執著的那一方了吧？

心想自己不能再這樣想下去的同時，理人再次發出了嘆息。

理人在與爺爺奶奶共同生活的這幾天裡，和他們聊了很多。爺爺奶奶回法國的日子即將到來，他打算一起前往機場送行，可是類有一場工作上的會議要參予，因而無法拜託他開車。

「抱歉，有個工作如果我不出面就無法談妥。我叫坂井代替我開車載你們去。」

聽到類這麼說，理人的內心有些猶豫。雖然很感謝坂井小姐願意幫忙開車，且去程的路上還會有爺爺奶奶在，但回程時，車上就只會剩他們兩人而已。和一個幾乎沒說過話的女生共乘一輛車，他感到有些負擔。可是，讓帶著一堆行李的爺爺奶奶自己搭電車去機場，未免太可憐了，而且這樣理人就無法去送行了。

「好、好吧，那就拜託她了……」

理人決定要壓下自己的逃避心態，硬擠出笑容點頭同意。

「我是坂井，稍後將由我代替社長負責接送。」

當天中午，穿著一身套裝的坂井帶著微笑，出現在爺爺奶奶及理人面前。坂井是孫子的祕書，所以爺爺奶奶很和藹可親地與她說著話。令人驚訝的是，坂井竟會說一些簡單的法語，可以和爺爺奶奶進行對話。

——好厲害！坂井小姐真是才色兼備，充滿專業祕書的架勢。

理人對坂井無可挑剔的寒暄感到有些膽怯的同時，坐著輪椅上車了。坂井開車很小心注意，爺爺奶奶因而很放心地搭乘著。在前往機場的路上，理人告訴兩位長輩下次換他去法國找他們，而且他的身體也正順利地康復中。

「不要勉強自己喲。不過有類在，似乎也不用擔心呢。」奶奶親吻理人的臉頰好幾次後，對他笑了笑。

隨著越來越接近機場，不想與爺爺奶奶分開的想法也在理人心中漸漸滿溢。難道自己因為生了病，所以變幼稚了嗎？還是父母親都過世了的緣故呢？和血脈相連的爺爺奶奶分別，理人心裡覺得非常難受。

「爺爺，奶奶，你們要保重喔。」

在登機口與爺爺奶奶擁抱吻別後，理人眼眶含淚地目送他們離開。

「請問要回去了嗎？」等兩位長輩的背影再也看不見後，坂井用十分公式化的口吻說道。

「是的，麻煩妳了。不好意思，給妳添麻煩了。」

理人放下不捨，轉換了心情後，朝坂井鞠躬道謝。他想盡量靠自己挪動輪椅，坂井卻迅速伸手往前推。因為不能對不是家人的坂井耍任性，理人只能緊張地順從於她。

回程與去程不同，車上非常安靜。理人心想，自己是不是該主動找坂井說話，但又不知道該聊什麼話題才好。他既不清楚公司方面的事，也不太想問她關於類的事情。

「理人先生……」寂靜無聲的車子裡，坂井突然開了口。

理人反射性地拔高聲音回答：「怎麼了？」

「理人先生恢復健康之後，有什麼規劃嗎？」坂井一邊開著車，一邊用沒有抑揚頓挫的聲調詢問。理人頓時傻住了，無法動腦去理解這個問題的涵義。

「我聽說您是在大學入學考之前發病的，您想要升學嗎？或是就業呢？」坂井又問了一次。

理人不知該如何是好，只能隔著座位盯著她的後腦杓看。

恢復健康以後——他還不曾思考過這方面的問題。雖然他現在正坐著輪椅，不過總有一天應該能恢復自行行走的能力，回到原本的健康狀態。到時候，他會過著什麼樣的生活呢？是去上大學嗎，或是去工作呢——

「呃……我還在猶豫……」

總覺得自己如果回答什麼都沒想過，坂井可能會生氣，於是理人只好裝傻。

「是嗎？」坂井用很冷淡的聲調回應。

話題就這麼戛然而止，車內的氣氛頓時變得讓人難以忍受。

理人逐漸明白，自己為什麼會對坂井產生逃避心態了。

——這個人好像很討厭我。

理人一邊有些提心吊膽，一邊在煩惱坂井為何會這麼討厭他。她應該是對類有好感吧。從以前到現在，他見過許許多多對類有意思的女生，坂井看類的眼神就跟她們一樣。照理來說，她們總是希望能給身為雙胞胎哥哥的他留下好印象，或是找他聊天、拉近距離，坂井反而對他顯露出了冷漠的態度。

——真奇怪……到底是為什麼呢？

這一點讓理人感到很在意，但他的心臟還沒強到敢當面直接詢問坂井，於是只能坐在搖搖晃晃的車子裡，祈禱能早點回到家。

隨著行走訓練的持續進行，理人慢慢地可以離開輪椅，使用助行器行走了。時間已經來到六月，梅雨季節來臨，他的體重也增加到接近四十公斤，大致恢復到以前的面貌了。

「看來我的任務到這星期就能結束了。」

按照上班時間過來的新田，對理人這麼說道的時候，理人瞬間說不出話來。其實是他自己以為新田會一直在這裡陪伴著他的，但仔細想了想，等他恢復健康後，新田就等於是失業了。

「這樣……啊。接下來妳打算怎麼辦呢？」

理人很擔心新田的工作，一臉不安地問出口後，新田以爽朗的表情笑了出來。

「請不用擔心，我只是從下星期開始，會回到佐久間醫生的醫院內工作而已。你來做檢查時，我們還能見面的。其實，類先生原本就幫我安排好了後續的工作。」

詢問了才知道，新田原本是在佐久間醫生所在的醫院裡工作的護理師，據說是類把她挖角過來，委託她擔任理人的專屬看護的。理人鬆了一口氣，想對事先考慮好新田前途的類脫帽致敬。這段時間受到新田這麼多照顧，想到兩人即將離別，理人就覺得非常孤單。

「我想，就算沒有助行器，你也可以靠自力行走了。」

語畢，新田就搶走了理人的助行器。助行器存在與否，會影響安心程度的高低，不過一想到下星期開始新田就不在了，理人就覺得必須趁這段時間多加把勁練習。在這個想法的驅使下，理人換成以不用助行器的方式練習走路。

「我們去外面走走吧。」

在新田的從旁陪伴下，理人靠著自己的力量走出大樓，邁步向前。慢慢往前走的同時，也能讓他的體力逐漸增強。不過，現在光是離開大樓，走到附近的超商，就讓理人累到極點了，於是新田讓他在花壇旁休息一下。

「我們試試看能不能走到公園裡吧。」

稍微休息過後，理人在新田的敦促下，蝸步龜移地走進公園。一開始理人總是忍不住抱怨說想要助行器，後來便覺得能靠自己的身體行走，是一件很舒暢的事情。

他流了滿身的汗，一時間坐在公園的長椅上無法動彈。新田對理人掛保證，說照這樣的步調繼續下去，他是絕對能康復的。理人自三月時甦醒，現今已經過了三個月的時間，這是理人第一次遇到康復速度如此緩慢的情況，讓他深切地覺得以後真的不想再發病了。

和新田一起返回大樓後，在他們走出電梯時，理人聽到了爭論的聲音。

「類，這是個很正經的節目，拜託你重新考慮一下。在媒體前露面，可以連帶提升知名度耶！」是類的經紀人、中野的聲音。

「煩死了，我就是不想把理人當成商品啦！」類怒吼出聲。

理人有些在意，便來到走廊上。類與中野嚇了一跳，轉過頭來看見理人後，雙雙閉上了嘴巴。坂井雖然沒有出聲，但也和他們站在一起。

從他們的口中聽到了自己的名字，理人無法視而不見。「請問，發生什麼事了嗎？」

理人緩慢地走過去後，中野的表情微微緩和了一些。

「理人，你走路時已經可以不用助行器啦，真是太好了。我有話想跟你說，可以嗎？」

中野飛快地走向理人，類的太陽穴抽搐了下。

「經紀人！」

「有什麼關係！你也要聽聽看理人的看法呀！」

類狠狠瞪著中野，理人擔憂於他的態度，便回答「我沒關係的」。中野雙眼發光地說，那我們去攝影棚吧。新田表示她要先回房間，於是理人自己走進了拍攝用的一三〇三號室，類也臭著一張臉跟著進去。

走進像樣品屋一樣毫無生活感的美麗客廳後，中野讓理人坐在白色的沙發上，類則維持著不高興的表情站在牆邊。中野與坂井在理人對面的沙發上坐下，露出討好般的笑容。

「事情是這樣的，理人，電視臺這次想做一個介紹黑夢症的特集。他們遞出了邀請，問類能不能參加這個企畫，據說他們也想請身為當事者的你參與VCR演出。比起醫療類的嚴肅節目，這個節目更適合一般大眾，而且還會針對這個疾病進行淺顯易懂的解說喔。」

中野一邊說著，一邊從包包中拿出用釘書機釘好的企畫書。理人很清楚類生氣的原因，於是拿起企畫書迅速翻閱了一遍。

「類對這個企劃不感興趣，那理人覺得如何？名義上是參加演出，實際上只是想稍微採訪你一下，讓你回答問題而已，應該不會很難喔。」

理人不知該如何是好，便偷瞄類一眼。

「我反對。」類用非常冷淡的語氣說道。

「說到底，我應該去告那個擅自拍理人照片的傢伙！這是侵害肖像權！」

類尖銳的話語，讓理人瞪圓了眼睛。

「照片……？」理人一臉納悶，聽不懂他們在說什麼，中野見狀，摀住了嘴巴。

「唉呀，原來你還不知道啊。前陣子寫真週刊上，刊登了一則理人坐著輪椅、與類一同賞花的報導。啊，當然是以一樁美談的形式呈現的。多虧這則報導，類的人氣上升了不少，以一個經營者來說真是賺到……」

「我並沒有同意！」類焦躁地怒吼。

理人借閱了那本傳說中的週刊，類推著輪椅的身影被刊載了出來。理人粗略看了一下，確實不是一篇帶有惡意的報導，理人的臉也沒有被拍得很清楚。他心想，當藝人還真是辛苦。

「正因如此，才會出現在電視上介紹現代奇病黑夢症的企畫，大家的焦點也就放在了家人就是患者的類身上。理人覺得怎麼樣？只要你願意稍微參與一下演出，我想類也就會同意參加的。」中野傾身靠近理人，熱情洋溢地說。

「妳是想趁機提升我的好感度嗎？」類對中野露出帶著嘲笑意味的笑容，讓中野皺起了眉頭。這時，類的手機響了起來，打斷他們的對話。

類不耐煩地「嘖」了一聲後，走出屋子。

類一離開，中野馬上緊緊握住理人的手。「理人，你應該會想替那些和你患有相同疾病的人加油打氣對吧？世上還有很多擁有同樣痛苦的患者和家屬，你不想讓周圍的人深入了解這個疾病嗎？坂井小姐應該也是這麼認為的吧？」

在語氣強勢的中野的逼迫下，理人做不出反駁，感到十分為難。結果，先前一直保持沉默的坂井冷不防地笑著開口，「沒錯，我覺得理人先生應該要為社長做出一點貢獻。」

被人如此冷漠地批評，令理人全身一僵。鼓吹他同意的中野也一臉困惑，轉頭看向坂井。

「那、那個——總之，如果你同意的話，我想類也會同意的。怎麼樣？但我希望你別期待會有演出費，就當作是在幫助其他同樣患病的人吧。」

中野的嘴角抽動著，一邊這麼說道。理人覺得空氣中有一股不容許他拒絕的氛圍，逼不得已只能回應說，「只出現聲音……可以嗎？」他並不像類那樣，有勇氣在電視機前露臉。

「只有聲音也可以啊！我會想辦法幫你談妥的！啊，類，理人說OK囉！」

中野愉快地對返回攝影棚的類說道。類的臉色一沉，用懷疑的眼神盯著中野看。

「工作上的調整就由我來進行。」坂井的聲音有別於方才的冰冷，她和顏悅色地朝類露出笑容。

「真的可以嗎？你不是不太想讓別人知道自己生病的事嗎？」類坐到理人身邊，探頭觀察他的表情。

坦白講，理人其實不太想答應，但在兩個態度霸道的女人脅迫下，他拒絕不了。而且坂井的態度尤其可怕，讓他不敢說不要。他之前覺得坂井似乎很討厭他，而那果然不是錯覺。

「她們說只出現聲音也可以……總之……能讓大家了解也是好事……」

理人無可奈何地笑了笑，並偷偷觀察坂井的反應。似乎是需要去處理後續的工作，坂井迅速走出了攝影棚。

中野別有深意地看著理人苦笑了下，小聲地說：「她人不壞，只是在老闆的事情上有點盲目。」

理人回以一個僵硬的笑容。坂井是因為太過崇拜類了，所以才會這麼討厭自己的嗎？原來是這樣啊。理人在心裡暗想，藉著類的手從沙發上起身。類問他「你們在說什麼？」，但把這種事說出來好像就像在告狀一樣，理人不喜歡這樣，於是只回答說「沒事」。

話說回來，一想到自己不得不去講述黑夢症的事情，理人就覺得好麻煩。坦白說，這是一個外人很難理解的疾病，所以他不太想說。高中的時候，他就完全不曾對身邊的人提過自己的病。無論是被其他人同情，還是被用奇異的目光看待，他都不太喜歡。只要恢復健康，他就能和常人一樣普通地生活下去了。

——麻煩死了……

棘手的問題變多，理人渾身無力地回到了房間。

週末，與新田離別的日子到來，理人把特地偷偷買好的花束送給了她。即使沒有助行器，理人也能自力行走了，因此在新田離開的時候，理人一路送她到大樓前面。現在他雖然還無法用正常的速度邁步，但只要增強了體力，以後應該連跑步都不成問題。

中野所說的黑夢症特集轉眼間就有了進展。某一天，製作人和幾個工作人員來到了大樓內拜訪。

「哇，真不愧是RUI的家人，這孩子長得真漂亮。當初有說只想要以聲音出鏡，但真的不能拍臉嗎？你絕對會很上鏡的。」

負責此特輯的製作人名叫一条寺，是個中年男性，他一見到理人，就亢奮地靠上前去。在理人被對方逼得招架不住時，類馬上用可怕的目光瞪向一条寺，並插進他們兩人之間。

「當初說好了，理人只會以聲音出鏡。」

類拒絕得很果斷，但一条寺還是不死心，一直合掌拜託。後來理人也說著「不好意思」，以此拒絕了對方，才開始了錄音採訪。採訪內容是得到這種疾病後感受到的痛苦之處、身邊人們的反應、治療方法等等，都是一些很老套的問題。理人暗忖，這種問題其實不一定非得找他採訪，但還是照對方問的內容老實回答。

整個採訪大概一個小時就結束了，理人鬆了一口氣，身體癱軟了下來。

——即使被問了一堆這樣的問題……我也並不期盼大家能從中了解到這個疾病。雖然希望治療藥物能趕緊問世，但我討厭大家用看著病人的眼光來看待我……

抱著悶悶不樂的心情，理人走回了房間，類則要去和工作人員開會。回到房間後，他看了看手機，發現自己收到了一則簡訊。

——是大地傳來的。

看到簡訊發送人，理人興奮了起來。因為他現在已經可以自力行走、自行外出了，所以就回傳了簡訊給大地。他問對方現在過得如何，並告知自己已經恢復了健康。當初理人發病後，學校有幫忙進行說明，而海與大地那邊，則是由類去詳細解釋了一番。後來大地偶爾也會傳簡訊給類，詢問理人的狀況。

——他們兩人好像都過得很好，訊息中還寫了想跟我見個面。

海與大地上了大學，現在好像都有各自的工作了。大地在簡訊裡寫說海也想見他一面，讓理人的心情非常愉悅。

「類，你現在有空嗎？」斟酌時間，等工作人員都走了之後，理人找上了類。

「我連絡了大地，他說想找我見個面，就在這個星期天晚上，你有空嗎？」

他心想如果能一起去見見他們就好了，於是也開口邀請了類，不巧的是，類於星期天已經安排了工作。

「抱歉。九點過後我可以去跟你們會合，但九點之前沒辦法。我去接你時可以順便露個臉。」看過行程表後，類搖了搖頭。

理人點頭說他知道了，然後回傳簡訊給大地。類最近很忙碌，店鋪的商品銷售量似乎意外得高，他現在把心力都投注在製作新商品上，電視媒體上的工作也變多了，讓他整個人忙得團團轉的。但即使忙得不得了，他還是會為理人做料理，並擠出時間與他共處。

——我不能再這樣無所事事下去了。以後我該怎麼辦呢？要做什麼才好呢？

看到身邊的人都非常忙碌，讓理人切身感受到自己被留在了原地。現在的他還很難稱得上是個健康的人，就算心急也無濟於事，但等到身體復原後，他便不得不邁出腳步。

——可是我能做些什麼呢？我該往哪個方向前進呢？

五年前，理人覺得選擇繼續升學是件理所當然的事，他也一直以此做為目標進行準備。可是，變成二十三歲後的現在，他覺得非常苦惱，不知道自己究竟該不該繼續升學，因為沒有哪個科系是讓他喜歡到想因此去讀大學的。他原本以為，等上了大學，再去尋找自己將來想從事的職業就可以了。換句話說，大學就是一段了解自我的時期。可是他現在去上學的話，就要等四年後才能畢業了，而且離下一次入學考還有一段時間。

——雖說我是有一筆錢啦……但那是一筆讓人很有壓力的錢……

類交給理人的帳戶裡，存了一筆讓他嚇到眼球都快飛出來的鉅款。遺產與變賣土地的錢在類的投資運用下，變成了將近五千萬日圓的金額。既然有這麼多錢，真希望類花在他身上的治療照護費，都能用這裡的錢去支付。所以這筆錢雖然是屬於他的，他卻不敢拿出來亂花。

——如果要這麼說的話，這裡其實也不能稱作是我家……

一旦開始想這種事，就會越想越負面，因此理人都會告誡自己不要想太多。然而，他現在居住的大樓是類所持有的房產，他的身分只是一名房客。當然，他覺得類是絕對不會把他趕出去的。如果是他們全家原本居住的房子還能另當別論，但已經成年的他還一直賴在兄弟家裡的話，總覺得有哪裡不太對勁。

——我到底該怎麼做才好？

越是朝恢復健康的身體邁進，冒上心頭的問題就越多。他現在的心情就好比自己的心靈還只是個高中生、無法自立，年齡卻擅自增長，逼迫他不得不自立。

——我到底該往哪個方向前進？

一股難以名狀的不安，正在漫無目的的理人心中日漸擴大，可是他找不到消除的辦法，只能過一天算一天了。

星期天的傍晚，理人前往以前補習時，離補習班最近的一個車站。

今天的天氣有些寒涼，所以他出門前在米色襯衫外頭套了件針織外套。當他站在約好的剪票口等待時，令他感到熟悉的兩人就靠了過來。

「理人！」大地與海異口同聲地呼喚，並朝理人衝了過來。

他們兩人都淚眼盈眶，海甚至還緊緊抱住了理人。大地穿著T恤與牛仔褲，打扮得很休閒，海則身穿富有女人味的黑色開襟襯衫，搭配百褶裙。大地長高了，給人的感覺變得有些土氣。海則完全變成了粉領族，頭髮也燙鬈了。

「理人你瘦了好多，不過看起來一點都沒變，看來身體真的是停止成長了呢。」

海淚眼汪汪地說。

聞言，理人露出了僵硬的笑容，因為他也充分感受到了這一點。正如類變得很成熟那般，大地與海也完全變成大人了。唯有他自己，就像經歷了一場時間旅行般，依然呈現著小孩子的模樣。

「總之我們先去餐廳吧，我已經預約好了。」大地精神抖擻地開口，於是他們一同前往車站附近的居酒屋。

那是一家有很多包廂的居酒屋，評價都說這家店的魚類料理很美味。裡頭的包廂是將地板墊高，留有一個方形能放腳的孔洞，孔洞上方放上了暖爐桌，並在地板上鋪了榻榻米的房間。海與大地都點了沙瓦，所以理人也跟著他們一起點了檸檬沙瓦。雖然年齡上已經成年，可以飲酒，但理人到現在都還沒喝過酒。舉起店員送來的玻璃酒杯乾杯後，他小心翼翼地喝了一口，這清爽的口味讓他十分中意。

「真是太好了，理人，那個時候我們真的很失落呢。」海大口喝光了沙瓦，凝視著理人一邊說道。

「抱歉，因為那時是突然發病，所以沒時間告訴你們。」

理人拿回自己的手機時，便收到了海與大地傳來的長長的簡訊。他們大概也沒想到，自己那時的簡訊竟是在五年後才會被打開來閱讀。

「雖然我們也很難過，但那時候的類更是讓人看了於心不忍。」

表情變得黯然的大地揭露了當時的情況。

「真的嗎……？」理人的心痛了起來，頭也垂了下去。

「真的呀，後來他就幾乎不來補習班了。新年之後他好像也只來過幾次吧？剛開始妳們兩個突然都不來上課，害我很擔心，想說你們是不是發生什麼事了。結果大地就從類的口中得知，原來是你生病了。」海打開菜單，苦笑了下。她似乎來過這家店好幾次，向前來點餐的店員點了一道又一道的人氣餐點。

「因為你和類的感情太好了，沒有你在，我們都很難去找類聊天。他即使來了補習班，也只會偶爾講個一、二句話。小海她也努力去找類聊過天，但最後不出所料，都還是失敗了。」大地帶著調侃，把話題的矛頭朝海丟去。

「你很煩耶！不過，沒有理人在，類整個人的氣質真的都變了！老實說，那時候我還有點喜歡他。」海的臉頰突然一紅，這樣說道，讓理人非常驚訝地看著她。

那時候的海很好強，總是拚命否認自己的心意，現在或許是因為變成了大人，才可以這般坦率地承認。

「沒有理人，類根本完全不理我們，想安慰他的我也真是有夠傻的。沒有理人在的話，類根本高不可攀，他現在在很多方面也都十分活躍，那時候能跟他像朋友一樣往來，簡直就像一場夢一般。」

「就連對待同是男生的我，他的態度都很不客氣。除了理人，類對所有人都很冷酷無情呢。」大地和海一起笑了出來。

沒想到他沉睡之後，類的態度竟會轉變成那樣，理人的心底充滿了愧疚感。

「現在他應該不太會那樣了，他說過九點以後就能來和我們會合了。」理人苦笑著說。

聞言，海瞪大了眼睛，立刻從包包內取出鏡子。「咦，我還以為類不會來呢！不會吧，早知道他會來，我就應該把妝再化得美一點的！」

見小海如此在意自己的妝容，大地便調侃她，「沒用的、沒用的、沒用的啦～」

看到這對雙胞胎感情還是一樣好，理人露出了笑容。

「你們兩個這段時間都還好嗎？」理人想知道他們的近況，於是改變了話題。

大地告訴他，自己目前在遊戲公司工作，每天都很辛苦。海則是在文具公司工作，每天都過著大家憧憬的、光鮮亮麗的粉領族生活。雖然嘴裡老是在抱怨上司，但能從中看出她過得很快樂。他們兩人目前尚跟父母住在一起，也有發牢騷說總有一天要自己搬出去住。

看著快樂地活在「現在」的他們，理人喝光了自己的酒，然後又加點了一杯。店員也端來了很多料理，理人以自己的步調努力進食，雖然他現在還無法吃得和普通人一樣多，卻還是硬逼著自己吃下去。他打算用吃吃喝喝的方式，來混過這次的聚餐。

「理人你現在過得還好嗎？」似乎是覺得他們兩人說了太多話，海突然開口詢問理人，但理人也只能回答「我現在正在努力做復健」。

見到兩個朋友的瞬間，理人是喜悅的。可是隨著時間的流逝，他意識到，大地與海擁有可以分享給他的五年點滴，而他卻什麼都沒有。

除了他以外，所有人都在五年間增加了許多閱歷，度過了形形色色的時光，他卻沒有半點經歷可以與其他人分享。這讓理人感到非常寂寞，一種冰冷的東西也在心底逐漸累積。過了一個小時後，他就萌生想要離開的念頭，一直在留心尋找離開的機會。

——唉，我……說不定是個超討人厭的人……

臉上明明在笑，心裡卻不斷湧出陰暗黏稠的負面情緒，讓理人陷入了自我厭惡之中。先前看到大地與海傳來關心的簡訊後，明明決定與他們見上一面的，結果現在又覺得自己或許不該與他們見面。對於正在一個搖擺不定的地方苦苦掙扎的他來說，謳歌著沒有迷惘的人生的他們，實在是太過耀眼了。

理人正在煩惱，該不該直接開口詢問聚餐什麼時候能結束之時，包廂的門就被人敲響了。

「啊，理人，找到你了。」

理人轉過頭，看到類一邊彎腰避開橫梁，一邊走進包廂裡。海瞪大了雙眼，瞬間發出了「啊啊」的尖叫聲，大地則是往後退了一些，且全身僵硬如石，彷彿被類身上的氣場震懾住了。

「類，你來得真早。」現在的時間大概是八點左右，但先前明明說要等到九點過後才能來的。

類的出現，讓理人不知為何產生了一股安心感，表情也放鬆了下來。類朝海與大地以「好久不見」一詞打過招呼後，便在理人身旁坐了下來，朝前來點單的店員點了一杯烏龍茶，並用溼毛巾擦了擦手。

「嗚哇，是類耶！討厭——我們真的很久沒見面了，你看起來真像個藝人！我在很多地方都看到了你的海報喲，十字路口上的名牌店面廣告看板上印的也是類！」海用比方才高了八度的聲音，滔滔不絕地說著。類坐在她面前這件事，讓她整個人都興奮到頭暈目眩了。

「海變漂亮了呢，大地……感覺變成了個中年大叔？」

類喝了一口店員送來的烏龍茶後，開口說道。這句話怎麼看都只是句客套話，但被類這麼一說，還是讓海臉頰泛紅、手足無措了起來。而大地則是一臉不爽地用手指推了推眼鏡，說了句「要你管」。

「類不喝酒嗎？」理人開口詢問喝烏龍茶的類，類就回答因為他是開車過來的。理人先前是搭電車來的，那讓他感到非常疲憊，現在得知回程能搭類的車，他便鬆了一口氣。

類注意到理人喝了酒，就伸手貼上他的額頭。

「你的臉色好像有些發白耶？沒事吧？你是不是喝醉了？」

臉龐被類親暱地摸來摸去，理人就用手摀住了胸口。經類這麼一提，他便覺得有點想吐。這是他生平第一次喝酒，所以也不太懂，他這樣算是喝醉了嗎？通常醉了不是應該會變得滿臉通紅的嗎？

「類，理人能恢復健康真是太好了。看到你們的感情還是這麼好，我真的很高興。理人和類之間的氣氛和我們就是不一樣。」可能因為喝了好幾杯酒，海的雙頰發紅，眼神也有點迷茫。

「喂——我們要不要定期舉辦雙胞胎聚會呀？只有雙胞胎才能入會的那種。」海心情很好地把酒喝光，開心地說道。理人露出一個模稜兩可的笑容，喝著水醒酒。類則大口吃著新送上來的餐點，詢問大地他在公司都製作了什麼遊戲。

類與大家聊了約一個小時後，看了看手錶，說「理人，我們該回家了」，接著就從椅子上起身。海滿臉遺憾地抱怨，「咦——我們再去第二家續攤嘛！」

理人其實已經很累了，類宣布散會的舉動等於是拯救了他。

在居酒屋前與大地及海揮手道別後，理人在類的攙扶下前往附近的停車場。自從理人不再坐輪椅後，類就改買了汽車，現在開的是一臺銀色的環保電動車。

「理人，你沒事吧？」

一進入與類獨處的狀態後，疲憊感突然一股腦地湧出，讓理人在坐上副駕駛座時，已經全身筋疲力盡。類沒有馬上發動汽車，而是靠過去觀察他的臉色。

「抱歉……你能來真是幫了我大忙。」理人癱坐在椅子上，閉起眼睛。

「理人，你從剛剛開始是不是就一直很沮喪？因為你笑得很僵硬。」

雖然理人很努力地想迎合大家的話題，但還是被觀察力驚人的類看穿了。

「我沒事啦。」理人苦笑了下，並繫上安全帶。類說的沒錯，他的心情的確很低落，可是連他也不懂自己為何會這麼難受，因此只能硬擠出笑容來。

他的確沒有任何生活經歷可以告訴海與大地，但也沒必要因此而沮喪，畢竟他有這麼為他掛心的弟弟，還過著衣食無虞的生活，這樣就沮喪的話未免太貪得無厭了。

「如果你心情不好，要跟我說喔？」

類發動汽車引擎，慢慢往前開去。車子在夜路上奔馳，理人沉默地看著窗外飛馳而過的風景。或許是因為過了五年，補習班附近有很大的變化，眼熟的店家雖然很多，但也有不少新商店林立，還出現了之前所沒有的高樓大廈。這個世界不斷在變化，他不認識的場所也在不斷增加。

就在理人心不在焉地看著那些景色之時，他們抵達了自家所在的大樓。因為他渾身疲憊，就毫不客氣地借靠在類的肩膀上。他們搭電梯登上十三樓，打開自家房子的大門。

「今天你就別洗澡了吧？你應該和我一樣，都是喝了酒不會臉紅的體質，所以現在直接睡覺比較好。」類幫理人拿出解酒藥，同時還關照他的各個細節。理人乖乖點頭，伸手打開放有床鋪的房門。

「晚安，理人。」類朝走進房間內的理人露出溫柔的笑容。相反的，理人卻在一股強烈的寂寞感包圍下，關上了房門。

踏入只有自己一個人在的房間後，理人慢吞吞地換衣服，倒在床鋪上。

以前他們兄弟都會一起睡覺，還會交換晚安吻。無論什麼時候，他們都在一起。現在，類不會踏入理人的房間，也不會給他晚安吻，只有在工作的空檔才能見得到面。

——我……我到底是怎麼了？

只有一個人睡的床鋪實在太大，讓人感到無助，還有一種令他喉嚨灼熱刺痛的窒息感。見到懷念的友人，照理說他應該會玩得很開心才對，然而胸口卻痛得不得了。

——懷念嗎？騙人，我根本一點都不覺得懷念！

理人緊緊抱住枕頭，眼眶滲出了淚水。沒錯——理人其實一點都不覺得懷念，因為對他而言，大地和海都是不久前還會經常見面的朋友。他與周圍的人出現了感受上的偏差，無法和任何人產生共鳴。他一直有種被大家拋在原地的空虛感，可是，這並非任何人的錯，是因為黑夢症，才會導致這種結果。

倘若五年前理人維持正常的生活、沒有發病，他就會和大家一樣過著平凡的人生。他會上大學，交到好朋友，尋找一種能讓他全心投入的興趣。可惜這一切通通如泡影般消失了，他在心中描繪的未來，全部化為一場空。

現在的他，不知自己該何去何從，宛如水母般四處飄蕩。

——我好寂寞……

意識到這一點後，理人隨即感受到灼熱的液體滑下臉頰，呼吸也急促了起來。他從來不知道，孤獨一個人是這麼得可怕，因為從前父母之愛充滿他的生活，類那煩人的愛意也盈滿了他的全身。

——好寂寞，我好寂寞……我要怎麼做才能消除這股寂寞？

理人小聲地啜泣，如未出生的胎兒般蜷起身體。等過幾天後，這種情緒會逐漸淡化嗎？他的心情能平復下來嗎？現在的他無法得知，只有淚水一滴接一滴地不停溢出眼眶。

介紹黑夢症的電視節目在八月中旬以現場直播的方式播出。

播出當天是理人做檢查的日子，於是他前往佐久間工作的醫院。類說想送理人一程，但理人拒絕了，因為四谷大樓到醫院有公車可以直達，他一個人前往也沒問題。他不想讓忙碌的類再多浪費時間了。

和以往一樣，先進行抽血檢查以及磁振造影，然後由佐久間醫生問診。

「體重是四十七公斤嗎？以你的年齡來說實在是太瘦了，不過整體身材變得勻稱很多，體型也逐漸恢復成從前的模樣，我想應該是不用擔心了。」佐久間看了看病歷表後，露出笑容。

「請問……真矢她……？還沒醒過來嗎……？」整套診察流程結束後，理人問出了他十分在意的問題。

佐久間的臉色黯淡下來，用手指推了推眼鏡。

「嗯，真矢仍維持著沉睡的狀態。對了，今天電視會播出介紹這個疾病的節目對吧？我聽說你也接受了採訪，電視臺的人也有來找我喲。」

「啊，是的。」原來他們也有來邀請佐久間醫生，理人點頭表示理解。佐久間醫生長年研究著這個疾病，電視臺的人會找上他也不足為奇。

「希望他們沒有把我拍得很奇怪。」佐久間一邊拿筆撓著頭皮，一邊小聲說道。

抱持著一種莫名不安的感覺，理人走出了診療室。接著，他直直地走向了護理站，開口詢問附近的護理師說「請問新田小姐在嗎？」。

「新田小姐她今天休假喲。」一位年輕的女護理師以充滿歉意的語氣回答。

理人感到很失望，他以為今天來做檢查時可以碰到新田。運氣實在是太不好了。

「這樣啊……」

垂頭喪氣地離開醫院後，理人搭公車回到了大樓。這時太陽已經下山了，附近一帶全部籠罩在金色光芒裡。理人在大樓玄關處，與看起來像是類公司員工的兩個年輕男生擦身而過，他們應該是做完了工作，準備回家了吧。那兩個男生看到理人的臉後，馬上就認出他是類的家人。理人朝他們點頭示意後，就越過他們離開了。

「他看起來超年輕的，真不敢相信他跟社長居然是雙胞胎。」

「咦？他不是小社長好幾歲的弟弟嗎？」

漸行漸遠的說話聲飄入理人耳中，讓他的心刺痛了一下。他告訴自己別去在意，然後快步走回家裡。在他開口說「我回來了」之時，理人想起類因為電視臺的工作出門去了，於是他走向廚房。類在冰箱上放了張便條紙，紙上寫著晚餐需要他自行用微波爐加熱來吃。

——類明明很忙，卻還是幫我準備好晚餐，其實我偶爾也能自己準備的……

體力至今已經恢復了不少，讓理人產生一種自己必須去做點什麼的焦躁感。然而，類幾乎包辦了所有的家事，還請了家事管家來幫忙，所以目前理人也無事可做。

他坐在客廳裡，一邊發呆一邊吃著晚餐的炸雞。由於沒什麼食欲，所以只吃一點點就覺得很飽了。只有一個人的客廳實在太過安靜，於是理人打開電視。

——啊，等一下就要播出了。

到了晚上九點，黑夢症的節目開始播出，理人雖然不感興趣，但還是繼續看下去。節目內容是著名主持人邀請了來賓，針對黑夢症黑夢症進行討論。五位來賓中其中一個就是類，他正面無表情地坐在椅子上。其他還有搞笑藝人、著名的帥哥演員白鷺以及醫療人員等等，全都是理人以前看過的面孔。

節目一開始先出現「現代奇病」這幾個字的特效字幕，接著開始播放關於此病症的解說。

——咦？

看著看著，節目中突然出現〈至今仍沒甦醒的M小姐〉的標題，然後畫面上出現了在病房裡沉睡著的真矢。真矢的臉上戴著呼吸器，雙頰凹陷，臉色也很差，身上和當時的理人一樣裝了許多導管與線材，監控著她的生命徵象。

——這些應該是經過真矢父母的同意而播出的……但等真矢醒來以後，她絕對會抓狂的吧，因為我們並不想被人拍到沉睡時的模樣。

看著真矢以這副模樣出現在螢幕上許久，理人覺得胃部隱隱作痛了起來。如果換成自己像這樣出現在電視螢幕上——雖然他覺得類絕對不可能同意，但光是想像那個景象，他就覺得很厭惡。

畫面切換到攝影棚內，在主持人的引導下，來賓一一延續著話題開口發言。近期有一部即將上映的電影有涉及到這個疾病，白鷺也有參與演出，因此才被邀請來參加這個節目。中間會穿插播放一些與康復患者間的訪談內容，就這樣一個接著一個環節進行下去。

『有人認為，壓力是黑夢症發病的原因之一……』

被譽為黑夢症最高權威的醫生認真仔細地講解著。

理人想起自己五年前發病時的情況，覺得心裡有些不舒服。類的臉沒有出現在螢幕上，但他聽了這些，要是也覺得介意該怎麼辦。正當理人這麼想的時候，電視畫面一轉，他的臉伴隨著「RUI的雙胞胎哥哥」幾個字出現在螢幕上。

——等等……這不是我嗎！

理人一時驚訝得說不出話來。對方當時明明說好只會錄下聲音，結果他的臉卻整個曝光了。仔細回想起來，那時候電視臺的人好像也只是含糊其辭地說，他們只會播放影片中錄下的說話聲……理人非常慶幸當時自己沒有穿著休閒服去見對方，他穿的是類製作的衣服，所以穿著打扮上無須擔心，可是他完全被電視臺的人騙了。並且，理人發現，在攝影棚裡看著影片的類也同樣繃起了臉，八成也是對這件事毫不知情。

其他來賓看到理人後，發出一陣騷動，七嘴八舌地說「咦——RUI的雙胞胎哥哥超可愛的！」、「他長得好像天使！」。

而讓勉強保持冷靜的類破功發怒的，是搞笑藝人的一句話。

『如果可以一直保持著這麼年輕的樣貌的話，我也想得這種病。』

一個搞笑藝人語調滑稽地這麼說，逗得周遭的人們發出笑聲。

類的理智瞬間斷裂，狠狠瞪向了那個藝人。

『請不要做這種讓人不愉快的發言！』

類凶狠的聲音讓搞笑藝人感到有些害怕，且故意動作滑稽地說著「好可怕」。理人可以理解類的憤怒，因為類是真心地為理人感到擔憂，這種發言聽了只會讓他惱怒。

『RUI過去一直在與這種疾病打交道對吧？畢竟你的哥哥昏迷了五年。』

主持人介入兩人之間打著圓場，『有些黑夢症患者會在昏睡狀態中直接死去。就算是開玩笑，RUI也不希望聽到有人說想得到這種病，對吧？』

縱使對方是比自己更有名氣的搞笑藝人，類也毫不畏懼地做出警告。類這樣沒關係嗎？理人擔心不已。在他看來，節目的氣氛已經開始緊繃了起來，但主持人不愧是經驗老道，機靈地把話題轉到其他來賓身上，在衝突升級前就解決了它。

節目的最後，白鷺為電影進行了宣傳，片尾工作人員名單便從畫面中滑過。

終於結束了，理人鬆了一口氣，把剩餘的飯菜掃進肚子裡。

——早知如此，當初應該拒絕的。

這種節目真的能幫助大家更了解黑夢症嗎？理人總覺得好像只看得到電影的宣傳而已。況且他的臉出現在電視上真的不要緊嗎？理人抱持著這些想法，等待類的歸來。

由於類很晚才回到家，所以理人已經早一步睡著了，然而隔天的狀況卻讓理人不禁目瞪口呆。

早上起床後，理人換上運動服，準備進行每天固定的散步時，發現中野、坂井和類正在客廳裡專注地談話。理人覺得氣氛有些奇怪，便透過門縫偷看他們三人。

「最近社群網路的傳播速度真的很讓人頭痛耶。類也是，你就不能當作沒聽到嗎？對方只不過是想炒熱氣氛而已啊。」中野朝站在廚房裡的類抱怨個不停。

類似乎正在做果菜汁冰沙，果汁機運作的聲音迴盪在屋子裡。

「我覺得社長只是陳述正確的觀點罷了，目前輿論都贊同社長的意見。」

坂井坐在沙發上打開電腦，口齒伶俐地說道。

「啊，理人！」中野發現理人正站在門後偷看他們，便苦笑著揮揮手朝他打招呼。

「請問……？大家一大早就聚集在這裡，是發生了什麼事嗎？」

既然被發現了，理人也只能無奈地走到客廳，中野便問他有沒有收看昨天的節目。

「事情是這樣的，被類頂撞的那位藝人啊，他的社群遭到了網友們的猛烈攻擊。他昨天不是做出了很不體貼的發言嗎，後來又針對這件事，在社群網路上說自己被RUI罵了，結果卻招來網友們的反感。」

理人聽完，感到十分傻眼地皺起了眉頭。類把裝了綠色液體的玻璃杯遞到他面前，這杯冰沙雖然顏色不太好看，喝起來卻甜甜的很好喝。

「我糾正他的語氣已經算是十分客氣有禮了吧？我雖然覺得他的搞笑方式一點都

不好笑，但也沒有把這個想法說出口。」類對昨天的搞笑藝人仍舊餘怒未消，臉上露出賭氣的表情。

「你要是敢把那種話說出來，就換成你要被大家罵了！」中野害怕地打了個冷顫。

「結果，類的社群也湧入了一堆留言，我們正在開會討論接下來該怎麼應對。要是一個沒處理好，連我們這邊都會遭到網友攻擊，因此我們一大早就跑到類這裡來了。有些記者在這方面特別眼尖，理人你也要多加小心喲。如果遇到不認識的人來找你說話，千萬不能理他。昨天節目播出後，現在網路上還引發了『RUI的雙胞胎哥哥是天使』的騷動了呢。」

明白中野和坂井一早便出現在客廳的原因後，理人對出門散步的計畫產生了猶豫。他打開手機看了看，發現網路新聞上真的刊載了昨天節目的內容。有人藉著搞笑藝人的失言趁機謾罵，讓理人見識到了娛樂圈的可怕。同時，他的臉也被人擷取出來上傳到了網路上。

——唉……雖然我和類是雙胞胎，但我只是個普通人啊……

理人只覺得渾身無力。縱使被大家拿來當成話題，並大力稱讚他長得很可愛，他也一點都高興不起來。

「不然……我出門時都暫時戴個口罩好了。」

謹慎起見，理人是戴上口罩與平光眼鏡後才出門散步的。路上並沒有被任何人搭訕，讓他鬆了一口氣，覺得是自己杞人憂天了。

然而幾天後，情勢卻出現了變化。有別於藝人遭到網友猛烈地攻擊，理人出現在節目裡的截圖在網路上流傳，掀起了一場無聲的騷動。或許是電影開始在媒體上進行宣傳的緣故，加上黑夢症的影響，理人便成為了話題人物。其中最讓人困擾的是，只要他和類一起外出，大樓玄關前就會有疑似記者的人在進行跟拍。

「喂，不准亂拍理人的照片！」類伸手搶過擅自拍攝理人照片的記者的相機，態度凶狠地逼近對方。類對自己的事很隨意大方，但一牽扯到理人就會變得暴躁易怒。

「拍一下有什麼關係，反正現在網路上都在討論他，說RUI的哥哥就像天使一樣可愛，這又不是醜聞，拍個一、二張也沒差吧。」記者說著，露出了卑鄙的笑容，讓類氣得一把抓住了對方的衣領。理人連忙阻止類，並勸他現在先不要出門了。

「可惡……所以我那時候才會反對啊。」

取消外出計畫返回家裡後，類的心情十分焦躁，口不擇言地說道。

「對不起，都怪我同意……」理人站在玄關，邊脫鞋子邊道歉，類聽到後猛然回過神，胡亂抓了抓頭髮。

「這又不是你的錯。明明已經說過不露臉了，那個製作人卻還擅自播放出來，錯的人是他，以及沒考慮過後果的經紀人。她還要我趁機把你推出來宣傳，真是煩死了！」

類似乎想起了中野說過的話，說話的語氣中充滿了厭煩。

中野露出野心勃勃的商人一面，滿腦子都在思考，該如何利用這次在網路上造成如此轟動的機會，把理人和類綑綁銷售。遺憾的是，理人是個外行人，要他在鏡頭前又是微笑又是擺姿勢的，他鐵定辦不到。他與類的長相確實很相似，但個性上卻南轅北轍。

「我就暫時乖乖待在家裡吧，反正宅在家裡我也不會覺得痛苦。」

理人端來冰涼的麥茶，朝一臉悶悶不樂地坐在沙發上的類說道。類露出無法接受的表情，板著一張臉不說話。

「既然無法出門吃午餐了，不如就讓我來做個法國傳統三明治吧？」

為了重振精神，理人走到了廚房。法國傳統三明治是他們母親以前常常做的一種三明治，就連不會做菜的理人也會做。類的心情稍微好轉了一些，他從櫃子裡拿出咖啡豆，再把燒水壺放到火爐上，準備泡個咖啡。

「——理人，你想找工作嗎？」理人正在做貝夏梅白醬，類一邊磨咖啡豆一邊問道。

類先前之所以會邀請他出去吃午餐，看來就是為了談這件事。類大概是看到放在客廳裡的打工求職雜誌了吧。

「啊、嗯。醒來這麼久了，我覺得自己必須做點什麼才行，所以想先找個打工也好……因為我還沒什麼體力，所以還是要慢慢來。」理人苦笑著說完後，類便一直盯著他看。

「你想工作的話，來我這裡幫忙處理雜事不就好了嗎。這樣不行嗎？」

把剛磨好的咖啡粉裝進容器裡的同時，類用沒有情緒起伏的音調問道。

「咦，還是不要吧……」

在類的公司工作，也就意味著自己與坂井見面的機會會變多。對方已經很討厭他了，理人不想讓坂井進一步把他視為眼中釘。

「為什麼？你不想在我手下工作嗎？是礙於自尊心？」類站到他身旁執著地追問。

理人把培根夾到吐司裡，再把起司撒上去。他還以為類會果斷作罷，因此嚇了一跳。可能是因為如果他要去別的地方工作，就必須要獨自外出，才會讓類感到擔憂吧。

「咦，才不是那樣……你想想，我不能什麼事都靠你照顧吧？總有一天我還是必須獨立……」

「你不用獨立也沒關係啊！」

類出乎意料的發言，讓理人大吃一驚，不禁抬眼看著他。而類似乎也覺得自己講得太過火了，就把想說的話全部吞回肚子裡，伸手托住額頭，「我希望你能待在我看得見的地方。一想到你可能又會出什麼事，我就很害怕。」

類背過身，把沸騰的燒水壺下的爐火關掉。理人一邊沉思，一邊著手用平底鍋煎三明治。他原本還在思考要不要去找新的打工，或是去以前工作過的牛排館，請店長再給他一份工作，現在得知類的心情後，他的心便動搖了。

他已經替類添了非常多麻煩了，如果現在還為了外出工作，硬是無視類的心情的話，可能對類也不太好。理人心想，不如乾脆把他和坂井之間的實情告訴類，但這種告密般的行徑，實在讓他提不起說出口的欲望。

「讓我考慮一下吧。」

經過一番苦惱後，理人這樣回答。平底鍋裡，貝夏梅白醬與起司從吐司中間流淌而出，發出誘人食欲的滋滋聲響。雖然他並不想在類的公司工作，還是用這個藉口把問題往後拖延了。類一面把熱水注入咖啡粉裡，一面凝視著理人。

隔天是氣溫超過三十五度的酷熱之日，理人便把每天必做的散步挪到傍晚。他一路步行到北之丸公園，再滿身大汗地往回走。

當他抵達大樓附近時，他看到一個熟悉的女子遠遠朝自己的方向走來。這個女子正是穿著白色女用襯衫、搭配粉紅色裙子的坂井。她大概是做完了工作，準備下班，正撐著陽傘漫步。理人的腦海中一瞬間冒出改走其他條路回家的念頭，但故意躲開也很奇怪，於是只能無奈地朝坂井的方向走去。

等理人來到她附近，坂井終於注意到他的存在。理人朝她點點頭，正想就這樣擦身而過時，坂井卻叫住了他：「理人先生，可以耽誤你幾分鐘時間嗎？」

「好、好的。」

這種時候如果有記者在，他就能以「現在不太方便」為由拒絕她，偏偏此刻附近沒有半個人。雖然內心百般不願，理人還是順從坂井的引領，跟著她走到附近的小公園裡。

坂井站到陰涼處，收起陽傘，隨即用冰冷的眼神注視理人。

「社長說，想聘請理人先生當打工人員。」坂井冷淡地說道，理人聞言，臉色一白。

類準備得也太早了吧，他明明還沒同意。

「只要是社長的命令，我都會遵從，但這件事我反對。坦白說……對社長而言，你只不過是個累贅而已。你知道社長為了你，從以前到現在投入了多少金錢嗎？光是醫療費，就是一筆相當大的鉅款了，社長還聘請了專屬護理師及物理治療師，網羅了最新的醫療設備……不僅如此，因為你的存在，這幾年來社長拒絕了非常多工作。尤其是需要長期不在家的工作，社長是絕對不會接的，這些你或許都不知道。」

在坂井如尖針般的視線注視下，理人連一個反駁的字都說不出口。

他心底隱約明白過去幾年，類為了他竭盡全力，但被旁人清楚告知這些事，他只覺得無地自容。此刻向坂井道歉也不太對，理人不懂自己該怎麼回答。

「你是不是覺得因為你們是一家人，所以社長那麼做是理所當然的？你這是在利用社長的溫柔。」坂井的聲音鏗鏘有力，讓理人恐慌了起來。坂井的雙眼泛著淚光，她應該是真心喜歡著類的。

「請你讓社長獲得解放好嗎！反正你已經恢復健康，年紀也這麼大了，獨自一個人也能活下去吧？」坂井的聲音顫抖。

理人被她的氣勢震懾，往後退了一步。他不是不想反駁，可是坂井說的也有道理，他只能無力地垂下頭。得到黑夢症並不是他的錯，他亦不是故意要替類造成麻煩的。其實他還想對坂井說她太多管閒事了，最後卻什麼都說不出口。因為他很清楚，坂井是打從心底為類感到擔憂的。

從旁觀者的角度來看，類等於是慷慨地將大把金錢與時間投注到自己的廢物哥哥身上，坂井大概是對此感到很厭惡吧。尤其她還擔任類的祕書，掌握了類的工作與私生活時間，更是會倍覺難受。

「我想說的只有這些，告辭。」坂井用強勢的語氣說完後，打開陽傘轉身就走。

理人暫時不想移動，便慢吞吞地坐到空蕩蕩的長椅上。他覺得坂井好像在辱罵他是人生失敗者。雖然他覺得自己已經很努力了，可是在坂井眼中，或許他就跟附在類身上的寄生蟲沒兩樣。理人覺得一顆心重重沉入了谷底，心情難以平復。自己真的是在利用著弟弟的溫柔嗎？想待在唯一一個家人身邊的想法，難道是錯誤的嗎？

正當理人抱著滿心鬱悶沉思的時候，一輛從公園旁邊駛過的汽車按響了喇叭。他抬起頭，看到中野從駕駛座中露出臉來。

「理人，你在這裡做什麼？要上車嗎？我現在正要去接類。」中野把車靠到公園旁，開口對理人說道。

理人踩著沉重的腳步走過去後，中野用一種難以形容的表情抬頭看著他。

「怎麼了，你的臉色很不好看耶？快上車吧。」

理人原本以為自己將表情控制得很好，然而中野不愧是一直在照顧類的經紀人，立刻就察覺到他的不對勁。理人思考一番後，打開副駕駛座的門坐了進去。

「發生什麼事了嗎？難道是遇到了難纏的記者？」

中野並沒有馬上開車，而是探頭觀察理人的表情。

「沒有……只是坂井小姐給了我一點警告……」

理人心想，中野知道他與坂井不合，應該可以把事情告訴她。於是，他把自己沉重的心緒稍稍吐露了出來。

「咦？啊——原來如此，我明白了。」

中野立刻從理人說的這句話裡，推測出事情的大概走向，並拍了拍他的肩膀。

「都是因為澄子她把太多心思投注在類身上了。無論她說了什麼，你都不用放在心上，因為她的腦袋被有點走偏的正義感綁死了。那孩子也真笨——她不懂自己要是被你討厭，或許馬上就會被類開除的這個道理。」中野苦笑著說道。

中野的一詞讓理人有幾分在意，他皺起了眉頭。

「澄子……？」

坂井的名字是澄子嗎？總覺得有些耳熟……

「嗯？那就是坂井小姐的名字呀。坂井澄子，二十八歲，正邁向三十大關，處於被各種煩惱苦悶困擾的時期。等她到了我這個年齡，反而就能看開了。」

中野不懂理人的思緒是被什麼而勾住的，只是哈哈大笑了起來。

——澄子（Sumiko）……她就是 Miko 嗎！

以前和類有過肉體關係的女生就叫 Miko。難道坂井就是和類交往過的那個女生？類那時雖然說過他們只上床，不談感情，但女生這邊顯然不那麼認為。要是這樣，理人也就能明白坂井為何會這麼厭惡他了，坂井說不定知道類曾有很長一段時間迷戀過他。

「這件事你其實可以告訴類。不過你一講，他可能會立刻把人開除掉，所以你應該也是怕得不敢講吧？」中野一邊踩下汽車的油門，一邊露出帶著暗示的笑容。理人頗有同感，於是點點頭。

「下次我會先私下叮囑澄子，告訴她，她要是敢欺負理人，類可是會暴怒的。」中野用很開朗的語氣說道。可是和她談過後，理人心中反而產生了疙瘩，無法做出附和。

中野把車開進大樓的地下停車場後，拜託理人說「你可以幫我叫類下來嗎？我們等一下要去做雜誌的拍攝工作」。理人帶著依然沉重的心情向她道謝後，搭乘電梯上樓。

「歡迎回家，理人。你今天回來得好晚。」

理人原以為類會在作業區，沒想到人就站在廚房裡。類穿著帶有Logo的連帽上衣，搭配合身的褲子，服裝風格十分休閒。他洋洋得意地拿起盤子給理人看，說自己正在幫他做漢堡排。當理人望著類時，坂井雙眼泛著淚光的表情就出現在眼前，與類的臉重疊合一，理人因而心亂如麻了起來。

以前得知類與一個名叫Miko的女生有著肉體關係時，他只覺得類真成熟，不會有嫉妒的感覺。畢竟那是個只知道名字的陌生女生，他很難做出逼真的想像。可是，現在一明白Miko的真實身分就是坂井後，他的心中立刻湧出了一股醜陋的討厭情緒。

類是以什麼樣的表情與坂井上床的？光是思考這件事，他就覺得非常不舒服。

他們兩人曾一起度過親密時光的事，讓理人覺得很難受，而至今仍把對方放在身邊的類，則是讓他湧現了一種厭惡感。

「理人？」

額頭突然被人碰觸，理人猛然回過神來，拍開類的手。自己陷入了沉思，才會沒注意到類把手伸了過來。看到自己的手被揮開，類滿臉震驚地看著理人。

「啊，抱歉……那個，中野小姐正在下面等你。」理人露出僵硬的表情，與類拉開距離，而後語速飛快地說。類走向他，似乎想說些什麼，不過看了看時間後還是放棄了。

「我今天的工作會比較晚結束。」類用關懷的語氣說道，然後在流理臺洗過手後，便轉身離開了。理人擔心自己可能會露出非常討人厭的表情，於是徑直地躲進了房間裡。過了一會兒後，類說「我出門了」的聲音以及大門開關聲，傳進了房間。

——我到底是怎麼了？

確認類已經離開後，理人小心翼翼地返回客廳。想到類與坂井有過肉體關係，心裡就覺得不舒服，他難不成是有這方面的潔癖嗎？

除了理人以外沒有任何人在的客廳裡，理人有一口沒一口地吃著類幫他做的漢堡排，心情也變得越來越消沉。

——漢堡排明明這麼好吃……對不起。

理人覺得很對不起類，悲傷的情緒同時漸漸加重，眼角也滲出了淚水。最近自己的情緒一直不太穩定，讓他覺得很厭煩，自己一開始明明就沒有這些狀況。新田還在這裡照顧他、而他還在做復健的時候，心情都不曾這麼陰鬱過。

——都已經身處在富裕的環境裡了，為什麼我卻這麼……

見過海與大地之後，理人便厭惡起和老朋友碰面，後來再也不見任何人了。如今，他每天做的事情就只有步行訓練而已。明明知道這樣不行，大腦也叫他動起來，但身體的所作所為卻事與願違。他不知道自己究竟該何去何從，無論過了多久，他好像都一直在同一個地方打轉，讓人厭煩不已，他都快要開始討厭起他自己了。

『請你讓社長獲得解放好嗎！』

坂井吐出的話語一直殘留在理人心底深處。反正他也不是沒有錢，不如就試著自己一個人生活吧。心裡雖然這麼想，但不安感實在太過強烈，讓他遲遲無法付諸行動。

驀的，裝飾在櫃子上的全家福照片映入眼簾。那是爸爸、媽咪、類與他站在巴黎鐵塔前拍下的照片，旁邊還有爺爺奶奶，以及露出笑容的類和自己的照片。

——好想見爺爺和奶奶……

想起了溫柔包容他的祖父母，理人的胸口頓時熱了起來。霎時，想去法國的想法掠過腦海。

——我不能去找奶奶和爺爺嗎？現在回想起來，當初我想上的那所大學……就是外語系很強，而我那時原本想成為一名法語口譯員。

原本已經徹底遺忘的念頭在腦海中復甦，回過神來時，理人已經打電話給奶奶了。他忘了兩地的時差有七個小時，不過奶奶立刻就接起了電話。

『是理人嗎？我真高興。我的天使，你過得還好嗎？』

奶奶的法語飄入耳中，讓理人感到非常懷念，眼眶也閃著淚光。明明他們不久前才見過面，理人卻覺得很寂寞。他是什麼時候變成這麼沒用的人的呢？

「奶奶，我可不可以去法國生活呢？」理人帶著泣音，一口氣說了出來。

『哎呀，我這裡可是隨時歡迎喲。能和你一起生活，我們也會很高興的。』

奶奶也不問理人遇到了什麼事，只是溫柔地接納他。等理人的臉頰因為激動而泛紅時，奶奶才擔心地做出補充。

『可是類要怎麼辦？他會很寂寞的吧？』

聽到奶奶充滿關心的聲音，理人露出了崩潰的神情。

「類他⋯⋯身邊圍繞著很多人，可是我在這裡就只有自己一個人，覺得孤單得快要死掉了。我感覺自己好像和大家活在不同的時空裡，一個人被獨自留在原地。類明明已經對我足夠溫柔了，還為我花費了很多時間和金錢，我真是個討人厭的哥哥。奶奶，我該怎麼做才好？我⋯⋯和類分開是不是會比較好？」

理人吐露出心中最誠實的想法。坂井的那句「解放」，在他腦海裡留下了濃烈的痕跡，令他無地自容。他一直依賴著類的溫柔，這的確是事實，如果沒有類，他大概早就活不下去了吧。

『聽我說，理人，你應該把自己的心情告訴類。因為我們都知道，類他是多麼期盼你恢復健康，如果你離開了，他肯定會很傷心的。當然，如果你願意來法國和我們一起生活，我們也會覺得幸福至極的。』

聽到奶奶溫柔地滲透到自己心裡的嗓音，理人吸了吸鼻水。

奶奶說的沒錯，就算他真的要去法國，也必須先跟類好好把話說開。

「我知道了……奶奶，我愛妳。對不起，我還是這麼得孩子氣。」理人擦了擦眼角，露出笑容。

『因為你還是小孩子嘛。我的天使，我也愛你。』

被奶奶幽默地調侃一番後，他奇妙地想通了，於是掛上了電話。

理人會和周遭的人事物產生時間上的偏差，是因為他在精神年齡還只有十八歲，他的心靈還停留在意識消失的那一天。

他強烈地感覺到，自己其實希望類也能明白這一點。

換上睡衣後，理人待在客廳裡等類回家。到了夜晚，暑氣仍然沒有消退半分，他便一直讓冷氣運轉著。理人靠在沙發上打瞌睡的時候，似乎在不知不覺中睡著了，等廚房傳出動靜，他才醒了過來。

「類……？你回來啦？」理人揉了揉惺忪的眼睛，開口說道。他看見類從冰箱裡拿出冰涼的瓶裝水，接著朝自己走了過來。

類才剛回到家，把肩背包放到沙發旁邊後，走到理人身邊坐下。他沉著臉轉開寶特瓶的蓋子，用水滋潤喉嚨。

「類……我有話想跟你說。」雖然看得出類此刻的心情並不好，但理人還是硬把話說出口。再這樣拖拖拉拉地掩蓋自己的心情，他肯定又會縮回洞裡。現在有奶奶在背後推了他一把，他想將自己的心情坦白地告訴類。

「我……想去奶奶那裡。」類遲遲不肯看向這邊，理人雖然不安，但還是說了出來。

類的表情驟然一僵，粗魯地把寶特瓶摔到了桌子上。「為什麼？坂井都對你說了什麼？」

被類用充滿怒火的聲音逼問，讓理人嚇了一跳。他感到驚慌失措，不明白類為什麼會事先得知這件事。類大大地嘆了口氣，把頭髮抓得一團亂。

「今天出門時，我就覺得你看起來不太對勁，所以跑去質問了經紀人，因為你們看起來都有事瞞著我，我便威脅了她一下，逼她說出來——對不起，我完全不知道坂井竟然把你視作了眼中釘。我會炒了那傢伙，因為我不需要那種員工。」類用手摀住眼睛，冷酷地做出宣告。

理人大吃一驚，伸出手搭上類的背，類才終於轉過頭來，對上理人的視線。

「拜託你別那樣做！我懂她不滿的原因……她只不過是喜歡你罷了，拖累大家的人應該是我才對……」

正如中野所說，坂井對理人的惡劣態度果然讓類很生氣，因而想把她開除掉。但被類以這樣的理由解雇的話，坂井未免太可憐了，畢竟她是為了類著想，才會來勸告理人的。

「你絕對沒有拖累任何人，況且我的公司本來就禁止辦公室戀情，在她對我產生那種麻煩的感情時，我就不想聘僱她做祕書了。話說回來，你為什麼不早點告訴我？我一點都不想從經紀人嘴裡知道這件事。」類一臉火大地抬高了音量。

「類……她對我說，要我放你自由。」理人緊張得手心冒汗，聲音也變得很細小。

眼看著類頓時憤怒得全身僵硬，理人立刻抓住他的手臂。

「你先聽我說！我覺得她說的沒有錯！為了我，你不知道浪費了多少金錢和時間……你很溫柔，所以一直不想讓我操心這方面的事，但我覺得自己不可以再繼續這樣完全依賴你。繼續扛著我這種累贅，說不定只會白白拖累你的人生——」

「你為什麼要說這種話！」

類情緒激動地發出怒吼，大力地拍向桌子，放在桌上的寶特瓶隨之搖晃，滾到了地上。從類身上散發出的可怕氣勢，讓理人的身體用力一顫。

「那是我賺來的錢！我想怎麼用就怎麼用不行嗎？況且，我之所以這麼努力，在讀書時創業，不要命地工作賺錢，全都是為了你啊！」類滔滔不絕地大吼。

理人目不轉睛地看著對方，整個人因驚訝而陷入呆滯。

類全都是……為了他？

「為了把你放在身邊……不這麼做的話，我覺得自己都快瘋了……結果你卻說想去奶奶那裡？開什麼玩笑！」類一把抓住理人的衣襟，把人拖到面前。

過度的怒火讓類的肩膀微微顫抖，他喘著粗氣，雙眼瞪著理人。

「我希望你陪在我身邊，這種願望很過分嗎？」

類怒吼的語氣，讓做為傾聽方的理人覺得胸口處傳來了撕裂般的痛楚。

「我絕對不會放你走！如果你想要離開我，我就用鎖鍊把你綁在身邊——理人……求求你，拜託你別離開我……」類露出萬分痛苦的表情，用力抱緊了理人。

感受著類的體溫，理人心底也徐徐湧出一股熱流。這時，理人才終於明白自己一直追求的東西是什麼，就是這分溫暖，這種身體接觸。他已經很久沒有感受到類的體溫了。

『哥哥，我喜歡你，好喜歡，好喜歡——如果可以就這樣盡情地侵犯你，不知該有多好……』

猝不及防的，類心底的聲音闖進了理人的腦海，讓理人瞪大了眼睛。明明先前他一直都是聽不見的，但現在一被類緊緊抱住，他就立刻又能聽見了。

類──現在依舊喜歡他嗎？過了五年的時間，也依然一直想著他嗎？

「類……不是的，我……想離開的真正原因是……」

身體被鎖在類的懷中，理人聲音顫抖地說道。他的眼眶發熱，竭盡全力讓自己的視線對上類。等到與神情痛苦的類視線相交後，他的淚水差點奪眶而出。

「我好寂寞，覺得自己孤單得快要死掉了，因為你都不碰觸我──我聽不到你的心聲，你不再給我晚安吻，也不跟我一起睡覺，而且……」

理人越說越激動，這次換成類震驚地鬆開禁錮理人的手臂。

「我覺得你應該已經不喜歡我了。我……我……」理人的眼眶泛淚，因為情緒過於激動而說不出話。

類小心翼翼地伸手碰觸他的臉頰。「原來……我是可以給你晚安吻的嗎……？其實我也很想和你睡在一起，可是我沒有信心能控制住自己……大家不是說，黑夢症發作的原因其實跟壓力有關嗎？你上次發作的原因，會不會就是我侵犯了你……」

見類說得吞吞吐吐，理人的胸口一痛，心想原來是這樣。類肯定一直很自責，然後在他甦醒過來後，為了防止他的黑夢症再次發作，就不敢再碰觸他了。

「就算是來自於壓力……也不可能是因為被你抱了的緣故。」

理人擦掉眼角溢出的淚水，垂下眼睛。

「現在我明白了，我發作的那一天……不是爸爸和媽咪即將回來的日子嗎……我很害怕我們之間的關係會被爸爸和媽咪發現。至於和你上床這件事……我並不討厭。」理人說出自己真正的心情。他很怕兄弟兩人的關係曝光，擔憂溫柔的雙親可能會態度驟變。不管是類被責備，還是自己被責問，全都好可怕。

「理人……」類咬住嘴唇，內心似乎五味雜陳。

「是我太幼稚了……對不起。類，其實我也喜歡你，只是我不明白該怎麼將這分情感歸類。不過，對我而言，你是我隨時都想碰觸的存在。如果你不像以前那樣，給我過量的身體接觸，我會寂寞到想死的……」理人凝視類的眼睛，表明了自己的心意。

類的眼睛瞬間一亮，大掌包住了理人的雙頰。

「真的可以嗎？理人……以後我絕不會再放手了喔？」

類的聲音顫抖著，臉緩緩地靠向了理人。看到那張端正的臉龐朝自己貼近，理人也主動把臉靠了過去。

兩張柔軟的嘴唇互相輕觸了一下。當理人以為這樣就要結束了之時，下一秒，類卻再度將唇貼了上來，用力吻住了他。類的嘴唇與理人分開後又貼回來，如此不斷反覆。隨著次次親吻發出嘖嘖水聲，理人逐漸被壓倒在沙發上，而類高大的身體覆蓋住他。

「哥哥，我想做。」

類的眼中浮現情欲之色，包裹著理人臉頰的手指揉捏起他的耳垂。理人發現彼此的體溫都上升了，臉頰上不由得升起了紅暈。好久沒聽到類稱呼他為哥哥，讓他心跳不已。

縱使明白這種關係是錯誤的，理人還是拒絕不了。畢竟，是他更加渴望類炙熱的懷抱，希望得到類那多到滿溢出來的愛情。

「嗯……做吧。我也想要你……」理人用因激動而變得高亢的聲音，低聲說道。

類倒抽了一口氣，下一秒，他輕輕鬆鬆地一把扛起理人。理人嚇了一跳，連忙慌張地攀住類的脖子，類便將他抱在懷裡，走向自己的臥室。

到目前為止，理人從沒進入過類的新家臥室，但他私底下其實一直很在意。進入房間後，一張床鋪立刻映入眼簾，讓他瞪大了雙眼，「那張床……」

King size的床鋪讓理人覺得很眼熟，身體被緩緩放下的時候，他直直看向類。

「嗯。我們原本那個家的家具，我大部分都丟掉了，只有這張床捨不得丟。」類淡淡一笑，開口說道。驀的，理人想起了被侵犯好幾次的那一天，眼眶便紅了起來。

類彎腰覆在理人身上，吸吮他的嘴唇。

「呼……我現在超興奮。」類貪婪地吸吮、舔舐理人的薄唇，舌頭在他的嘴裡攪動，同時陶醉地這麼說。久違的激烈親吻讓理人快要喘不過氣來，大腦逐漸變得恍惚。

類趁著接吻的間隙，把腰緊緊貼向理人，展示自己發硬的下身。

「類……呼……呼……」理人也努力回應類的嘴唇，並伸手環住他的脖子。類把睡衣上的釦子扯開，手沿著理人裸露的皮膚摩娑。

「噫……」乳頭被類的手指捏住的瞬間，一股電流般的甜美酥麻感竄過理人的身體，讓他大吃一驚。粉紅的乳珠在類的指尖玩弄下，很快就挺翹起來。

乳尖被碰觸，讓理人的心跳隨之加速，被指尖撥彈，則讓理人開始發顫。

「不要……那裡感覺好奇怪……」理人不明白那裡為什麼會這麼舒服，不知所措地發出高亢的呻吟。類察覺到這一點，將熱情的呼吸噴灑到理人的耳朵上。

「對不起，可能是因為我有時會去撫摸哥哥沉睡中的身體。當我忍耐不下去時，就會親吻哥哥的每個地方。」類泰然自若地坦白自己的所作所為，然後低下頭，將理人的乳珠含進口中。

「噫……啊……啊……」那裡被人用舌頭褻玩，理人的腰急遽發熱。

「只有……撫摸嗎？你沒進來吧……？」

乳尖每被舌頭彈弄一下，腰就會跟著顫抖，但理人還是如此詢問道。兩邊的乳頭遭到舌頭與手指的攻擊，讓理人發出甜膩的呻吟。光是胸前被玩弄，就讓他下腹的性器高高翹起，並開始滲出液體。

「再怎麼想我也沒有插入，因為裡面裝著導管。我只有親吻……」

類神色自若地回嘴，讓理人一時間無言以對。他原以為類對他的愛意已經消失，沒想到類其實一點都沒有改變。

「都怪哥哥沉睡不醒。」類用牙齒溫柔地拉扯挺翹的乳尖，笑了笑。

愉悅的刺痛感襲來，理人扭動著身體。明明只有乳頭被愛撫著，卻讓他呼吸急促，眼眶溢出生理性的淚水。

「啊……噫、啊……嗚、嗯……」

乳頭被類又舔又吸，被唾液弄得溼黏不已。理人將床單弄得一團亂，還大口吐著氣，全身發燙。當類為了挪動身體，而用膝蓋抵住理人下身的那瞬間，一股讓人頭皮發麻的快感竄了上來，理人的腰部往上挺起。

「啊啊啊啊……噫、哈……」

令理人震驚不已的是，自己竟然這麼輕易就射精了。他全身都在微微顫抖，嘴裡發出甜膩的呻吟。因為是在內褲裡射出黏稠液體的，導致整個下身都不太舒服。

「難不成哥哥已經射精了……？這幾乎算是只靠乳頭就高潮了吧。」

類說話的聲音因興奮而拔高，他把理人的褲子連同底褲一起扯下。理人還有些喘不過氣來，整個人沉浸在忘我的狀態裡，顯得筋疲力竭。

「你看，都牽絲了……哥哥，原來你的身體這麼飢渴的嗎？」

類帶著興奮的喘息，將理人被精液弄得黏膩不堪的底褲脫掉。羞恥感讓理人的腦袋發暈，用雙手摀住了自己的臉。明明以前從沒有產生過這樣濃烈的性欲，但現在光是被類碰觸，身體就會升起強烈的反應。

「你、你不准這樣說……這還不是都怪你……」理人滿臉通紅，說話的語氣裡滿是彆扭。

聞言，類笑了出來，並把衣服丟到地上。

「嗯，都是我的錯。唉，糟糕，我的已經硬到發痛了。」

類一把脫掉身上的連帽上衣，丟到一旁，再俐落地解開皮帶。當他把褲子與底褲脫下時，勃起的性器立刻彈了出來。

「這裡都已經溼透了……」

類把理人射出的精液抹開，朝後穴塗去，中指接著「噗哧」一聲插入其中，令類無意識地吐出一口大大的嘆息。他的手指在理人的後穴裡四處摸索，「哥哥的身體能產生快感，我真的超高興的……看到你有反應，我果然也會跟著興奮起來。」

類抬起理人的一隻腳，一面吸吮他的大腿，一面移動插在後穴裡的手指。類的手指很快就摸索到能讓理人感到愉悅的凸起點，隨後用力摩擦了起來。

「嗯……呼、哈……嗚嗚……」

後穴裡的手指快速抽插，讓理人發出甜膩的呻吟聲。大腿被用力吸吮時，他的腰就會不自覺地顫動。被類激烈疼愛的那些記憶，對理人來說宛如是幾個月前發生的事，即使心裡不想要，身體也會自己開始期待快感來臨。

「哥哥你太瘦了，要再吃胖一點才行。不是叮嚀過你不能勉強自己的嗎。」

類撫摸著理人的肋骨，用調侃的語氣說道，同時增加了插入於後穴的手指。

理人縮了縮身體，擦掉眼角的淚水。

「嗯……我會努力變胖一點的。」理人也覺得自己瘦巴巴的身體很難看，因而下意識地乖乖點頭。見狀，類裝模作樣地嘆了一口氣。

『拜託不要說這麼可愛的話啦。』

聽到類的心聲，理人不知道該笑還是該生氣，表情變得很奇怪。

「我忍耐不下去了……好想快點進去。」

類把插入後穴的手指張開，做出擴張內壁的動作。裡面還很窄小，也不夠溼潤。他先把手指拔了出來，說了句「等我一下」後便走出房間。一分鐘後再次回來時，他的手中拿著一罐橄欖油。

「家裡沒有潤滑劑，用這個應該可以吧。」

說完後，類再度爬上床，讓理人的臉朝下趴著，將橄欖油滴到股縫間。

「把腰抬起來。」

在類的催促下，理人擺出臀部高高翹起的姿勢。在類的面前顯露出如此放蕩的姿態，一股羞恥感立刻湧上理人的心頭，但他還來不及多做思考，類便稍稍強硬地插入了三根手指。

「嗯……類，慢一點……」緊窄的小穴被插入手指進行開拓，令理人發出難受的呻吟。

當他覺得難受而感到呼吸紊亂之時，類用空著的手幫他套弄起性器。性器與後穴內部同時被玩弄之下，理人的痛苦才慢慢得到緩和。

「呼……噫……哈啊……哈啊……」

淫靡的水聲在房間裡迴蕩著，壓迫感與疼痛交互湧來。理人把布滿汗水的臉頰貼在床單上，慢吞吞地脫掉勉強掛在身上的睡衣。

「可以了嗎……？還會痛嗎……？」類動著插在後穴裡的手指，開口詢問。

「嗯……我覺得可以了……」

理人用沙啞的聲音回答後，類的手指便從後穴裡拔出。理人把姿勢改為仰躺，纖細的手臂伸向了類。兩人要結合的話，他希望能面對面進行，因為他想看著類的臉。

「哥哥……我要進去了。」

類也察覺到理人的心思，便以面對面的姿勢壓在理人身上。他抬起理人的雙腳，把硬挺的性器前端抵在擴張過的後穴上。理人努力吸氣吐氣，用溼潤的雙眼凝視著類，類露出強行壓抑住亢奮的表情，緩緩挺腰前進。

「呼……啊……噫噫……好大……」要完全吞入類的碩大性器，果然還是很痛苦。理人喘著氣發出呻吟，類把理人的腳推到胸前，腰部用力往前挺。

「哈啊……哈啊……好燙……」

類一邊小幅度地擺動腰部，一邊緩緩地把性器埋入後穴。類的火熱盈滿了身體內部，理人覺得很痛苦，但後穴被填滿後，一股酥麻的快感便漸漸支配了他。

「啊，類……類……」

和高中的時候不一樣，這次是自己主動接納了類。一思及此，理人的心底便湧上一股十分激昂的情緒，他流著淚朝類伸出了手。

「哥哥……」類用高亢的聲音呼喚著理人，接著彎腰向前傾，緊緊抱住了理人。他的性器直直貫穿深處，讓理人的腰往上挺起。在身體相繫的狀態下，類激烈地吻住理人，然後停下結合部位的動作，吻遍理人的臉。理人喘著氣，將雙腳圈上了類的腰部。

「我愛你。」

類用手覆住理人的耳朵，在接吻的間隙低喃道。

理人的胸口發熱，交合的部位也感覺漸漸疼癢起來。

「我也是……類，我愛你。」

理人吐出粗重的喘息，同時在說完這句話後，回吮類的嘴唇。類的眼中滲出淚光，親吻理人的額頭與太陽穴。他暫時定住身體不動，只是不停地親吻對方。

類的熱意，從理人含住他性器的後穴逐漸往外滲透。帶著「怦通怦通」鼓動聲的那個部位，逐漸帶給理人愉悅的感覺，溫暖、堅硬又舒服。內壁開始做出吸吮類的性器的動作，理人發出了甜美的呻吟。

「你可以……動了。」理人輕聲說完後，類吐出一聲嘆息，腰部隨之律動了起來。

他急促的呼吸從耳朵刺激著理人。看到他於自己的身體內獲得快感，理人感到非常高興。

「呼……啊……啊……」敏感點被冠狀溝摩擦，理人發出甜得過火的嬌吟。

或許是因為類等他適應了才開始動的緣故，他現在覺得後穴裡面好舒服，目光都渙散了。

「啊——我快忍不住了……可以射在裡面嗎？」

律動著腰部的類大大吐出一口氣，用因亢奮而拔高的聲音詢問。

「可以，嗯……」

見理人點了頭，類腰部的律動遽然激烈了起來，他挺起上半身，腰部用力撞擊理人的臀部。肉體拍打聲響起，類每次頂入，理人都會發出高亢的叫喊。

「哈啊……哈啊……要、要射了……」

類壓住理人的大腿，深深地往後穴內頂入。當他的動作到達高峰時，性器在後穴裡膨脹，朝穴內注入了黏稠的溫熱液體。

「嗚……呼……呼……好舒服……」

類的肩膀上下起伏，不但呼吸凌亂，腰也在微微顫抖。理人的腰部也同樣抽搐著，內壁產生陣陣痙攣，促使著類順利射精。

「啊啊……我真的是幸福得要命……可以擁抱哥哥……被哥哥愛著。」類露出陶醉的笑容，彎下身體吸吮理人的嘴唇，然後就著這個姿勢把手伸到理人的腋下，在兩人還處於交合的狀態下，托起了理人的身體。

「噫、啊……啊、啊……」理人坐在類盤起的大腿上，吐出灼熱的呼吸。

藉由他的體重，類的性器進到一個比先前更深的地方去了。理人覺得有點害怕，湧上的快感強烈到讓他起了雞皮疙瘩。類的性器雖然已經軟了下去，但在輕輕地律動腰部後，便在理人的體內再次膨脹變大。

「我想和哥哥永遠在一起，想待在哥哥身邊，直到死亡為止。」

類看著理人的眼睛，滿含熱情地說道。

理人大受感動，縮起了身體。

「嗯……會的。類，我會待在你身邊的。」他伸手抱住類，低聲回答。

類用手臂將理人整個人圈住後，緊緊抱入懷中以表達自己的喜悅。他含住理人的耳垂，將舌頭伸進他的耳朵裡。耳垂被舔舐，讓理人後穴發疼，發出甜美的呻吟。

「我的耳朵……你那個時候也有舔嗎？」耳垂一被碰觸，就會產生強烈的快感，理人忍不住提心吊膽地問。類捏住他的乳頭後，笑了出來。

「嗯，這裡也開始覺得舒服了嗎？因為我很喜歡哥哥的耳朵，看起來圓潤柔軟，讓我好想含入嘴裡。」聽到這種讓人目瞪口呆的回答，讓理人不禁捏住了類的耳朵。

「嗯……呼、哈啊……」在接吻間隙裡，乳頭被用手指彈弄著，理人在無意識中扭動起腰部，類射出的精液便從兩人相繫的部位滲出。理人的敏感度似乎是變高了，乳頭被玩弄之後，一股電流似的快感便會竄過背脊。不知乳頭與後穴是不是有什麼感官上的聯繫，乳頭只要被類用力一捏，後穴就會緊緊咬住類插在裡面的性器。

「哥哥能靠後穴高潮嗎……？裡面變得好熱……」

類輕輕律動著腰部，大掌在理人的胸口來回摩挲。挺翹的乳頭不斷被摩擦，讓理人揉了揉自己發紅的臉頰。

「嗯……嗚，哈啊……後面……好舒服……」

或許是因為一直含著類的性器的緣故，已經徹底適應的後穴，將類的性器所散發出的熱意斷定為一種舒適感。理人睜著溼潤的雙眼，發出嬌吟，而類則使勁揉捏著他的屁股。

「嗯，我也好舒服……哥哥裡面又熱又緊的。」

類在理人的耳邊說出下流的話語，讓理人呼吸一僵。身體的熱度逐漸攀升，舒服的快感讓理人的腰有時會用力一顫。乳頭和耳垂都被玩弄，甜美的呻吟接連不斷地從他口中溢出。

「哥哥真是可愛，可愛到讓我不知該如何是好。唉，害我又想射了。」

類這麼說完後，便開始顫動起腰部。霎那間，理人也害羞地緊緊攀在了類的身上。

「啊……噫……哈啊……哈啊……啊——」

從下而上的貫穿，讓理人弓起身體，發出尖叫。類的性器膨大，直直地頂進了後穴深處。後穴裡面無論是哪裡被頂到，都讓理人覺得極致得舒服，不斷地發出溼潤的呻吟。

快感一直向上堆疊，讓他有點喘不過氣來。勃起的性器翹得高高的，在兩人的身體之間搖晃。

「用後穴高潮吧，哥哥。」類帶著催促意味撞擊理人的後穴。

撞擊的動作越來越激烈，理人不禁挺起了腰，想從這種強烈的快感中逃離。但類不允許，他伸出手臂將理人拖了回來，性器狠狠頂進了更深的地方。

「噫啊啊啊……啊——不行、不行……」理人說不出話，在逃避不了的強烈快意侵襲下，他哭著發出了嬌喘。類似乎被他的聲音所煽動，動作變得更加激烈，帶給了理人一陣頭昏眼花的刺激。

「啊——啊……噫、不要啊……！」

壓抑不住的甜美電流竄過體內，理人弓起腰，達到了頂點。

同時，他的後穴緊緊咬住了類的性器，強硬地催促他一同射精。

「嗚，哈啊……呼……」類皺起眉頭，在理人的體內射了精。

兩人幾乎是同時達到高潮的。在如野獸般的喘氣聲中，理人與類緊緊地相擁在一起。

在充滿濃烈情欲的空氣裡，理人顫抖著身體，與類互相渴求彼此的唇。

他們之間已經無須任何言語。

理人滿足地與類交換了一個長長的吻。

8 未來就在手中

再次與類發生肉體關係後，理人改變了想法。

與其說他做好了覺悟，不如說是找到了生活的目標。他明白自己與類的關係世間難容，即便如此，能與自己最喜歡的人長相廝守，依然是件很美好的事。

「奶奶，對不起，我還是決定待在類的身邊。」

隔天，理人打電話給奶奶，對她這樣說道。奶奶嘴上雖然說自己會很寂寞，但同時也放下了擔憂的心。

理人原本感到飢渴不已的心，在與類相擁的那一刻起就消失無蹤了。他現在很幸福，之前孤單到讓人想哭的時光彷彿只是一場幻覺。

類說要開除坂井，但理人覺得如果真的這麼做了，對方會很可憐，便讓類打消了主意。不過，有些事理人還是想說。

「類可能不在乎……但把以前有過肉體關係的人找來當祕書，是怎麼回事……？這一點讓我有點討厭……」午餐時間，理人一邊吃著類做的拿坡里義大利麵，一邊小聲說著。餐桌上放著起司粉，類拿來撒在紅色的麵條上，直到整盤義大利麵的表面都被撒成了黃色。

類驚慌失措地開口，「啊？你在胡說什麼？我才沒和坂井睡過，況且她又不是我的菜。那種人肯定是睡完之後，會因此產生一堆麻煩的類型吧。」

聞言，理人瞪圓了眼睛。

「咦，可是Miko……不是坂井澄子（Sakai-sumiko）小姐嗎？」

他還以為坂井就是類以前的女朋友……

「咦？啊——原來如此，因為澄子兩個字，所以你就以為她是Miko啊。真可惜，Miko其實是外號，她的本名叫做中野文子（Nakano-fumiko）……啊，慘了。」

類一不小心說溜了嘴，趕緊摀住了嘴巴。

中野文子……竟然是經紀人嗎！

「騙人，我居然完全沒發現！根本看不出來她是那樣的人啊！可、可是，中野小姐對我很溫柔耶？怎麼可能會有這種事？」

從先前那段時間裡，中野與類的態度來看，完全看不出一丁點情欲的氛圍。原來床伴關係是這麼不拖泥帶水的嗎？如果像坂井那樣表現出嫉妒之情的話，理人還能理解。

「所以我不是說了嗎，我們之間沒有任何感情存在。她是喜歡上了繼父，當我們彼此都覺得心情苦悶時，才會一起發洩一下。如今她的母親已經過世，跟繼父好像也相處得還不錯。啊——那傢伙肯定很快就會發現我和你做過了。」類似乎想起了什麼，抓了抓自己的頭髮。

「她絕對會嘲笑我的，可能還會把一些難做的工作硬推給我。老哥，不管經紀人對你說了什麼，你都千萬別回應她喔？她很喜歡你，小心她會強行把你拉進娛樂圈工作。」

聽到類說出這麼恐怖的話，理人縮了縮肩膀。

「我、我會小心的……也就是說，她早就知道我和你的事了，對吧？」

理人沒料到這一點，整張臉都紅了起來。

「還有，你還是別叫我哥哥了，叫理人不是很好嗎！幹嘛又變回哥哥。」

他一邊咀嚼麵條，一邊叮嚀。類笑了起來，移動手裡的叉子。

「抱歉，理人。理人嗎？叫名字的話，這樣就很有情侶的感覺了呢。」類以害羞的表情說道。

感覺到房子裡似乎充滿了甜蜜的氣息，理人連忙把拿坡里義大利麵往嘴裡塞。

吃完飯後，類要出門工作，理人則決定趁著這段時間來打掃房間，把放在他房間裡的醫療用病床與醫療儀器撤走，儀器已經決定要全部捐給醫院了。理人想讓房間煥然一新，重歸普通的生活。以後他會和類睡在同一張床上，不需要再準備自己的床鋪了。

「對了，你之前會聽不見我的心聲，可能是因為我的緣故。」類突然想起這件事，便開口說道。理人聞言，瞪大了眼睛。

類不禁露出苦笑，一邊啜飲著紅茶。「以前，在發現你可以聽到我的心聲後，我就訓練自己別在腦海裡思考事情。我覺得不能讓你發現我的心思，於是在你醒來之後，就一直小心叮嚀著自己。不過精神一放鬆後，又會不由自主地開始思考。」

得知這個出乎意料的事實，理人整個人都呆住了。難怪醒來後他都聽不到了。

「其實被你發現反而會比較好吧？不對，如果心聲全都被你聽到的話，我想你應該會退避三舍。」類一臉嚴肅地移開視線。

「還有，有件事很奇妙……有時候我也能聽到理人的心聲。」類聲如細絲地開口。

理人張大了嘴巴。也就是說，自己的心聲也都被類聽見了嗎？

「我們兩個緊緊黏在一起的時候，我偶爾可以聽到一些些。新田女士離開後，我有聽到你說覺得很寂寞，讓我不知道該怎麼辦才好……我原本以為控制身體接觸是為了你好，沒想到最後卻適得其反。」

聽類坦白這些祕密，理人的臉色一陣青一下陣白的，最後他垂下了頭。他們兩人可以聽到彼此的心聲，以雙胞胎來說，算是擁有一項驚人的特異功能。理人原以為類只是第六感比較強，現在看來應該不僅僅是那樣。

一直以來，他都因自己能擅自聽取類的心聲而感到愧疚，現在心裡的負擔才稍微減輕了些。

到了類該出門的時間了，理人走到玄關，目送做好工作準備的類出發。

「可以追加送我出門的親吻嗎？」穿上鞋子後，類撒嬌地問。

理人臉頰一紅，點頭答應了。現在不只是早安吻和晚安吻，還增加了送類出門的吻，變成一整天都在接吻的感覺。不過，和類接吻後，理人都會很高興，情緒也會變得很柔和。

「唉——真不想去工作。我想整天都和你做愛。」類「啾、啾」地不停吻著理人的嘴唇，一臉痛苦地說道。見類這副親得沒完沒了的樣子，理人便主動張開手，用力抱住他。

「路上小心，我等你回家。」理人撒嬌般地靠在類的胸膛上，開口這麼說道，令類滿臉喜悅地緊緊回抱著他。

「慘了——我快要因為過於幸福而升天了。」做完危險的發言後，類終於出門去了。

理人目送對方離家，做了個深呼吸後返回房間。昨天的他與今天的他，處在截然不同的兩個世界裡，不過他並不後悔。比起昨天陰沉寂寞的心情，今天的他可是幸福了好幾倍。

他已經下定決心，未來無論發生什麼事，他都會與類一起走下去了。

八月下旬的盛夏時節，理人與類一同前往醫院。

做完檢查後，他們前往病房區，從遠處探望還在沉睡中的真矢。

今天，佐久間醫生告訴他們一個意想不到的喜訊，那就是有公司成功開發出用於黑夢症的治療藥物，今年內似乎就會開始進行臨床實驗。有了藥物，即使是沉眠不醒的患者，據說也有很高的機率能恢復意識。類的公司聽說也有向開發這項治療藥物的藥廠援助資金，讓理人很想對無時無刻都有在關注黑夢症的弟弟脫帽致敬。如果這項治療藥物真的問世，他會高興得不得了，因為他再也不想讓類傷心了。

理人在心中祈禱，希望老天爺能讓臨床實驗取得好成果。

之後，理人與類每天都過著很甜蜜的生活。在類休假的前一天，理人都會被他疼愛到全身如同一灘軟泥。自己的身體與心靈彷彿正在逐漸染上類的顏色，這讓理人感到有點害怕。

後來，坂井在與類對談之後主動辭職了。在知道自己沒有希望後，她終於接受了事實，死心離開。至於理人與類的關係很快就被中野發現了，並且正如類所預料，中野一直糾纏不休地邀請理人去接洽工作，不過理人對娛樂圈完全沒興趣。他現在正要邁出新生活的第一步，幫忙處理類工作上的雜務，並著手考取證照。

離開醫院後，回家路上，類看到廣闊的公園裡掛滿了發亮的燈籠，便開口詢問。

「那裡好像在舉辦廟會耶，理人，我們要過去看看嗎？」

「會引發騷動的吧？」和類一起走在外面時，由於那顯眼的外貌，導致總是會有很多人前來搭訕。混血兒的臉孔平時就很顯眼，一次出現兩張的話就更引人注目了。

「有什麼關係？今天心情好，我們就彎過去看看吧。」

自從聽到臨床實驗的消息後，類就一直很高興。既然他都這麼說了，理人也就笑著同意了。把車停到附近的停車場後，類用眼鏡與帽子變裝了一番，才邁步往外走去。

廣闊的公園裡蓋起了一座瞭望臺，穿著浴衣的男男女女們跳著盂蘭盆節舞蹈。不過一眨眼的功夫，夜色便籠罩了大地。

旁邊設立了許多攤販，他們買了類喜歡的章魚燒。裡面還有兜售和菓子的店家，於是理人也買了大福來吃。瞭望臺上的太鼓聲響徹公園，照明燈光隨風搖曳，理人平靜地凝視圍成一圈跳盂蘭盆節舞蹈的人們。

「天使……！」

忽然間，理人的耳邊響起了這麼一聲，接著就有人突然一把握住他的手臂。理人嚇了一大跳，想轉頭看看是誰，但類更早一步就把抓著理人的女人之手箝制住了。

類以為是歹徒，頓時散發出威嚇的氣場，結果被他抓住的是一位年齡大約在二十五歲以上的女性。看到對方的臉，理人瞬間瞪大了雙眼。

「妳做什麼——！」

「有澤小姐……？」

對方正是他當初在牛排館工作時認識的粉領族。有澤穿著浴衣，頭髮盤在腦後，一臉震驚地看著理人與類。類在知道對方是理人的熟人後，收回了的手，有澤則滿臉通紅地低頭道歉。

「對不起！突然抓住你的手臂！我還以為是自己看到了幻覺……因為小此木同學和那時候相比，幾乎沒什麼改變！」

有澤身後出現一位應該是與她同行的男生。那是一位身材微胖、五官柔和的男性。

「類，這個人是當時那起事件的被害人啦。」

理人把有澤介紹給露出一臉覺得對方很可疑的表情的類。有澤目不轉睛地盯著類看，然後小聲嘀咕「咦？他是藝人嗎？」。

「沒想到竟然會在這種地方遇到有澤小姐……虧妳還能認得出我。」

理人把視線轉向有澤與同行的男人，苦笑了下。如果不是有澤出聲叫住了他，理人應該會認不出她。明明已經過了五年之久，真虧有澤還能認得出他。

「因為我覺得你就像個天使一樣。會讓我有這種感覺的，也只有小此木同學你一人而已。」有澤害羞地笑了笑，接著對同行的男人說了些什麼。同行的男人似乎早就知道關於理人的事了，以理解的表情看向理人。

「那時候真的很謝謝你。我原本想當面向你道謝的，結果一直找不到機會，你也很快就辭掉那裡的打工了，對吧？我一直很愧疚，覺得這都是我害的。」有澤彎腰鞠躬，沮喪地道歉。

「啊，不是的，我是為了備考才離職的……與那件事無關。」理人連忙打圓場。

聞言，有澤鬆了一口氣，放鬆了緊繃的肩膀。

「那就好。後來我也換了工作，認識了新的男朋友，目前已經結婚了。那段時間因為那傢伙的關係，我真的每天都過得很痛苦……多虧了小此木同學，我的人生因此有了轉機。謝謝你。」有澤露出明朗的笑容，依偎到同行男人的身邊。

那個事件對理人來說只是小事一件，但如果能成為有澤改變生活的契機，也是件好事。

和有澤交談過後，理人心中盈滿了一種難以言喻的感覺。

他認知到，自己雖然失去了五年的時光，但從小到大的生活軌跡卻是真實存在的。所以他沒必要感到孤獨，因為自己確實是存在於這個世界上的。

「請多保重。」

與有澤道別後，理人靠在類的身側，順著掛滿燈籠的石板路往前走去。

「理人，小心別跟我走散了喔？」

沿途不斷有人潮湧過來，於是類朝理人伸出了手。

『能和哥哥一起逛廟會，我好高興。哥哥，我喜歡你，我愛你。』

類的心聲順著兩人交握的手傳了過來。

『我也喜歡你，我愛你。』

理人在心底回答後，類轉頭看向他，眼中浮現一層淡淡的淚光。

人只要活著，就會不斷經歷相識與離別。理人曾因為找不到自己的棲身之所而感到痛苦，不過現在，他擁有了一個會走在自己身邊，陪伴著他的珍愛之人。

他們從出生時就在一起，如果直到死亡的那一刻也能在一起——

那應該會是非常幸福的事吧！

懷著這樣的想法，理人用力握住類的手，邁出堅定的步伐。

——《從出生起就愛著你》完

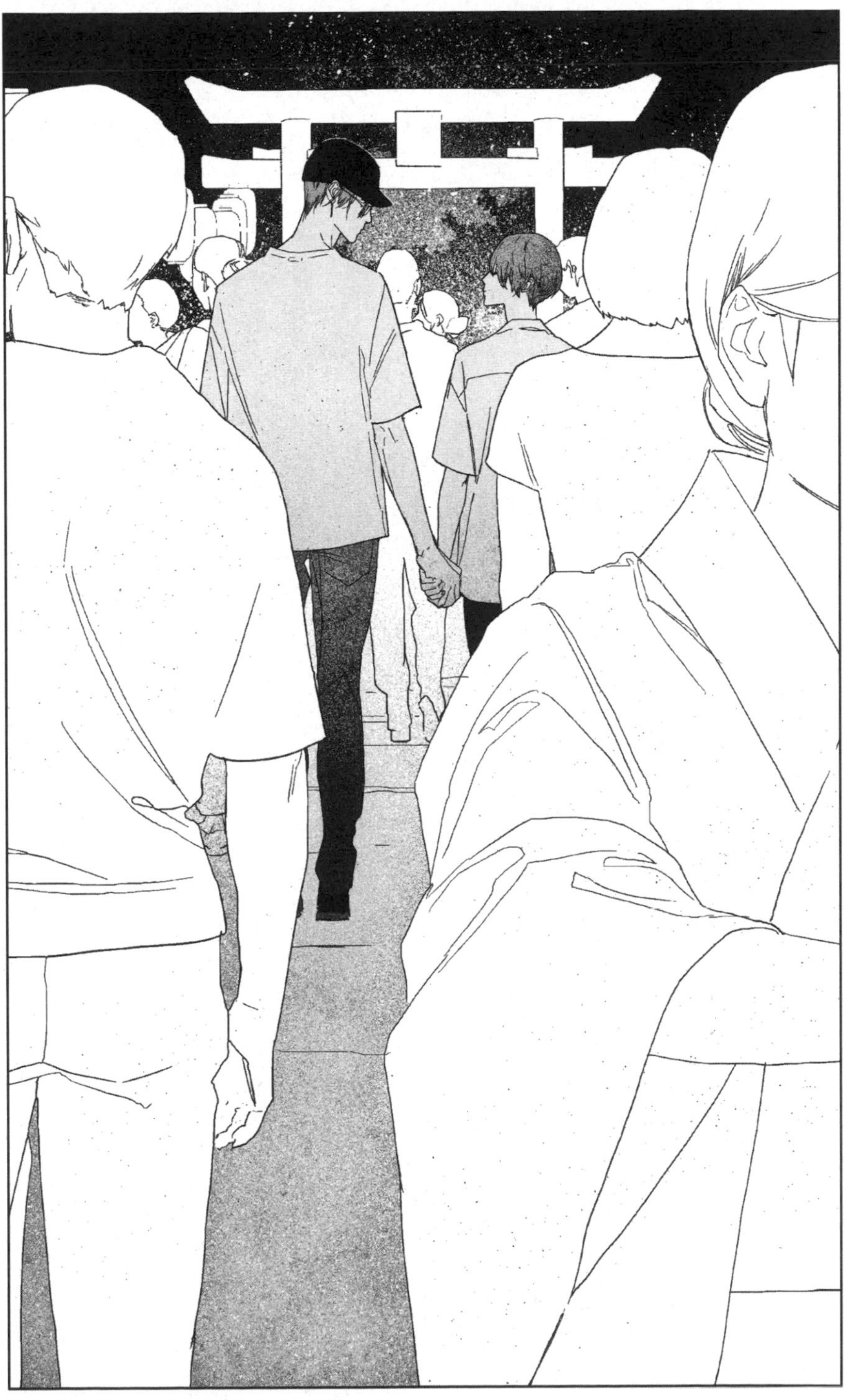

後記

新讀者與老讀者大家好，我是夜光花。

這次是雙胞胎的故事。幾年前開始我就萌上了雙胞胎，一直很想寫這方面的故事，然而很多人都拒絕近親題材，因此我覺得長相相同的雙胞胎題材更是不可能讓人接受的。但萬萬沒想到，溫柔的日本CROSS出版社竟然說「沒問題喲～」，然後非常爽快地接受了。CROSS出版社，我愛死你了。

因此，這次是兄弟的故事，而且還是雙胞胎。與其說覺得很萌，不如說兄弟題材讓我熱血沸騰，能寫出這樣的故事讓我覺得十分快樂，也很滿足。

我在這次故事中，試著加入了虛構的疾病。人一直昏睡的話，我想應該是不可能不消瘦下去的吧？而康復也需要花上不少時間。或許是因為這個緣故，導致故事氣氛比我想像中還要嚴肅，讓我自己也嚇了一跳。倘若現實中真的有這種疾病，不知道會是什麼樣子，患者家屬應該會很辛苦……

話說回來，如果要說兄弟題材有哪些吸引人的地方，我覺得應該是那種悖德感吧。這年頭男男相戀已經不算是禁忌了，大家或許會想要更有悖德感的故事。此外，我喜歡那種長年單相思的執著性格，所以從出生開始就喜歡對方的這種設定，我覺得簡直萌爆了。

理人和類從此應該可以就這樣幸福地生活在一起，死去時肯定也能葬在同一個墓穴裡吧。理人如果買了成衣，類或許會吃醋吧。

負責插畫的 yoco 老師，感謝您繪製了這麼纖細又漂亮的插畫。以前我就一直希望未來的某一天能委託您繪製插畫，如今願望得以實現，我真的非常高興。我很想看 yoco 老師畫出不同髮型的類，便嘗試改變高中時與五年後長大成人的類的髮型，結果真的非常得帥，我覺得很心滿意足。非常感謝老師畫出這麼棒的插畫。

還有日本出版社的責任編輯，真的很感謝您每次都非常禮貌鄭重地回應我，能在日本 CROSS 出版社出書我覺得非常快樂，日後也請多多指教。

閱讀本書的各位讀者如果有什麼感想，也請多多賜教。各位的支持是我的精神支柱，我會繼續努力的。

那麼，希望我們能在下本書再次相遇。

夜光花

高寶書版集團
gobooks.com.tw

CRS031
從出生起就愛著你
生まれた時から愛してる

作　　者　夜光花
封面繪圖　yoco
譯　　者　蕭嘉慧
編　　輯　王念恩
美術編輯　彭裕芳
排　　版　彭立瑋
企　　劃　方慧娟

發 行 人　朱凱蕾
出　　版　朧月書版股份有限公司 / Printed in Taiwan
　　　　　Hazy Moon Publishing Co., Ltd.
地　　址　臺北市內湖區洲子街 88 號 3 樓
網　　址　www.gobooks.com.tw
電　　話　(02) 27992788
電　　郵　readers@gobooks.com.tw（讀者服務部）
傳　　真　出版部　(02) 27990909　行銷部 (02) 27993088
郵政劃撥　19394552
戶　　名　英屬維京群島商高寶國際有限公司臺灣分公司
發　　行　英屬維京群島商高寶國際有限公司臺灣分公司
　　　　　Global Group Holdings, Ltd.
初版日期　2023 年 8 月

UMARETA TOKI KARA AISHITERU
Copyright © Hana Yakou 2021
Illustration Copyright © yoco 2021
Chinese translation rights in complex characters arranged with
KASAKURA PUBLISHING Co., Ltd.
through Japan UNI Agency, Inc., Tokyo

國家圖書館出版品預行編目 (CIP) 資料

從出生起就愛著你 / 夜光花作 ; 蕭嘉慧譯 . -- 初版 . --
臺北市 : 朧月書版股份有限公司出版 : 英屬維京群島
商高寶國際有限公司台灣分公司發行 , 2023.08
　面 ;　公分 . --

譯自 : 生まれた時から愛してる

ISBN 978-626-7201-94-7 (平裝)

861.57　　112010031

凡本著作任何圖片、文字及其他內容，
未經本公司同意授權者，
均不得擅自重製、仿製或以其他方法加以侵害，
如一經查獲，必定追究到底，絕不寬貸。
版權所有　翻印必究